컬러풀

컬러풀

모리 에토 장편소설

고향옥 옮김

사계절

프롤로그

죽은 내 영혼이 어딘지 어두운 곳으로 천천히 떠내려가고 있는데, 난생처음 보는 천사가 불쑥 길을 막고 서더니 이렇게 말했다.

"축하합니다. 당첨됐습니다!"

그러고는 웃었다. 딱 천사 미소였다.

천사의 설명인즉 이랬다.

"당신은 크나큰 잘못을 저지르고 죽은, 죄를 지은 영혼입니다. 보통은 여기서 실격 처리돼 윤회 사이클에서 제외되죠. 다시 말해, 앞으로 영원히 다시 태어날 수 없다는 말입니다. 그러나 너무 잔인하다는 불만의 목소리가 높아, 우리보스가 더러더러 추첨에 당첨된 영혼에게는 재도전의 기회를 주고 있습니다. 당신은 운 좋게 그 추첨에서 뽑힌 행운의 영혼이죠!"

느닷없이 그런 말을 들으니 당황스러웠다. 내게 눈이 있었다면 크게 떴을 것이고, 입이 있었다면 떡 벌렸을 것이다. 그런데 나는 형태 없는 영혼에 지나지 않으니 어떻게 천사의 모습을 볼 수 있으며, 목소리를 들을 수 있는지 신기할 따름이다.

천사는 싹싹하고 곱상한 남자였다. 겉보기에는 보통의 인간과 별반 다를 게 없어 보였고, 약간 큰 키에 호리호리한 몸, 거기에 하얀 천을 휘감고 있었다. 등에 날개는 있지만 머리 위로 후광은 비치지 않았다.

어쨌거나 나는 천사에게 말했다.

"성의는 고맙지만 사양하겠습니다."

"왜죠?"

"그냥."

나는 이미 전생의 기억을 잃어버렸다. 나는 남자였지만 어떤 남자였으며, 어떤 인생을 보내 왔는지 전혀 기억나지 않았다. 그럼에도 두 번 다시 그런 인간 세계로 돌아가고 싶지 않다는 막연한 피로감만은 남아 있었다.

"그냥 왠지 싫습니다. 나는 지금, 어슬렁어슬렁 들어간 백화점에서 느닷없이 폭죽이 터지면서, 축하합니다! 당신은 백만 번째 손님입니다, 어쩌고저쩌고 하는 법석에 휘말려 지금 당장 하와이 여행을 떠나라고 강요당하는 기분입니다. 나는 집에서 잠이나 자고 싶은데."

천사는 내 말을 기꺼이 수긍했다.

"당신 뜻은 잘 알겠습니다. 당신한테만 말하는 거지만 우리도 추첨이라는 방법에 의문이 없는 건 아닙니다. 그러나 유감스럽게도 보스의 결정은 절대적입니다. 당신도 나도, 그 누구도 보스 말을 거역할 수는 없습니다. 어쨌거나 만물의 아버지니까요."

그렇게 나오니 되받아칠 말이 없었다. 너무 대찬 상대다.

풀이 죽어 입을 꾹 다물고 있는 내게 천사는 청보랏빛 눈동자를 기분 나쁘게 빛내며 "게다가." 하고 덧붙였다.

"게다가, 당신을 기다리는 건 결코, 결코, 하와이 같은 낙원이 아닙니다."

천사의 이름은 프라프라. 직업은 가이드이며 현재는 내 담당. 나를 재도전의 땅으로 인도하는 것이 이번에 맡은 임무라고 한다.

그런데 대체 재도전이 뭐지?

도무지 상황 파악을 못 하는 내게 프라프라는 출발 전, 천상계와 인간계 사이에 선 채로 대충 설명해 줬다.

요약하면 이렇다.

1. 방금 전에도 말했지만 나는 전생에서 크나큰 잘못을 저지

른 영혼이다. 규칙상으로는 두 번 다시 태어날 수 없지만 운 좋게 추첨에서 당첨돼 재도전의 기회를 얻었다.

2. 재도전이란, 내가 실패한 인간계에서 한 번 더 수행을 쌓고 돌아오는 것이다.

3. 수행이란, 내 영혼이 일정 기간 인간계에 있는 누군가의 몸을 빌려 사는 것을 말한다. 몸을 제공할 인간 및 그 가정은 프라프라의 보스가 지정한다.

4. 이 수행을 천사 업계에서는 흔히 '홈스테이'라고 한다.

5. 물론 홈스테이 가정은 나와 맞을 수도 있고 안 맞을 수도 있다. 좋은 가정도 있는 반면 지독히 나쁜 가정도 있다. 비극적인 가족도 있고 희극적인 가족도 있다. 또 폭력적인 가족이 없으란 법도 없다. 그러나 그런 환경은 전생에서 내가 저지른 잘못의 경중에 따라 결정되는 것이니 불평하기 없기. (말도 안 돼…….)

6. 홈스테이 중, 곤란한 일이 발생하면 프라프라가 도울 것이다. 다만 어느 정도 도움을 줄지는 그의 기분에 따라 달라진다.

7. 수행이 순조롭게 진행되면 나는 어느 시점에 저절로 전생의 기억을 되찾게 된다. 전생에서 내가 얼마나 엄청난 잘못을 저질렀는지 깨닫는 순간에 홈스테이는 종료. 내 영혼은 빌린 인간의 몸을 떠나 승천하여 무사히 윤회 사이클에 복귀하게 된다. 즉, 해피엔딩. (진짜?)

"그렇게 됐으니까, 마코토 군."

얼추 설명을 마치고 프라프라는 날개를 꼼지락거리기 시작했다.

"당장 인간계로 내려갑시다."

"마코토?"

"당신은 앞으로 고바야시 마코토가 되는 겁니다. 고바야시 마코토는 사흘 전에 음독자살을 기도한 소년으로, 아직도 의식이 돌아오지 않은 채 위독한 상태입니다. 우리끼리만 아는 얘기지만, 이제 곧 죽는 거죠. 죽으면 영혼이 빠져나가니까 당신이 그 틈에 들어가는 겁니다."

"그러니까." 하고 나는 말했다.

"그 애의 몸을 빼앗는다고?"

"그건 아니죠." 하고 프라프라가 되받았다.

"잠시 몸을 이어받는다고 생각하세요. 좋은 쪽으로 생각하자고요."

"고바야시 마코토는 어떤 녀석인데?"

"돼 보면 압니다."

예비지식이 좀 더 필요했지만 이미 날개를 활짝 펼친 프라프라는 설명하는 데 넌덜머리가 났다는 듯이 억지로 내 팔을 잡아끌고 날아올랐다.

갑자기 바닥이 꺼진 듯한 충격과 빛의 속도로 하강하는

아찔한 느낌—. 이런 상태에서는 프라프라의 날개도 아무
런 도움이 되지 않는 모양이다. 정말로 천사일까? 아니면
악마인가? 급속히 불안해지면서도 나는 어느새 정신을 잃
고 꿈틀거리는 화려한 빛깔의 소용돌이 속으로 삼켜졌다.

1

정신이 들고 보니 나는 고바야시 마코토였다.

있다, 있다. 확실하게 몸이 있다. 이 리얼한 감촉. 조금 전까지 벌거벗었던 영혼이 지금은 묵직한 코트 같은 육체를 걸치고 있다. 그 육체는 아무래도 이불 위에 누워 있는 것 같다. 아니, 침대인가. 소독약 냄새가 나는 걸로 보아 병원 침대일지도 모른다. 아 참, 마코토는 자살 기도로 위독하다고…… 응? 누군가 훌쩍훌쩍 우는 소리가 들린다.

누구지?

마음의 준비를 채 하기도 전에 나는 그만 눈을 뜨고 말았다.

눈물범벅이 된 아주머니와 눈이 딱 마주쳤다.

"마코토."

아주머니는 넋이 나간 듯이 중얼거리더니, 이어 째지는 소리를 냈다.

"마코토!?"

주변에 있는 사람 형체들이 일제히 나를 돌아보는 기척이 났다. 역시 여기는 병실인지 침대 옆에는 묵직한 의료 기구가 있고, 그 기계 너머로 간호사들의 흰옷이 보이다 안 보이다 했다. "말도 안 돼." 하고 누군가가 나직이 신음하자 그 하얀 형체들이 웅성거리며 꿈실댔다.

"마코토!"

이번에는 아주머니를 부축하던 아저씨가 소리쳤다.

"마코토가 살아났어!!"

그렇다. 나중에야 알게 된 사실이지만 고바야시 마코토는 바로 10분 전에 "숨을 거두었습니다."라고 사망 선고를 받았던 것이다. 마코토의 영혼은 하늘에 올라가고, 대신 내가 빈방이 된 몸 안으로 들어가 눈을 번쩍 뜬 것이다. 모두들 당연히 놀랄 수밖에.

"심장음이…… 혈압이…… 아아, 믿을 수가 없군!"

마침내 의사까지 법석을 떨었다.

마코토의 소생을 확인한 아주머니와 아저씨의 기쁨은 굉장했다. 생각하고 말 것도 없이 이 두 사람은 마코토의 어머니와 아버지였고, 죽은 아들이 되살아났으니 미친 듯이 날뛰는 것도 무리는 아니었다. 두 사람은 알아들을 수 없는 말을 하며 내 볼을 쓰다듬기도 하고, 팔을 문지르기도 하고, 몸을 끌어안기도 했다. 생판 모르는 타인이 찰싹 달라붙어 몸을 만지는데도 나는 이상하게 싫지 않았다. 내 마음보다 먼저 마코토의 몸이 받아들였다.

마코토에게는 가족이 또 한 명 있었다. 아까부터 침대 정면에서 몸에 잔뜩 힘을 준 채 핏발 선 눈으로 나를 노려보고 있는 교복 차림의 남학생. 부모도 의사도 간호사들도, 거기 있는 모두가 흥분 상태인데 유독 혼자만 태연한 척 미동도 않고 있는 그가 바로 마코토의 형 고바야시 미쓰루라는 것을 나는 나중에야 알았다. 하지만 그때는 미쓰루는 고사하고 아직 마코토의 나이도 몰랐기 때문에 그저 어렴풋이 '형제인가?' 하고 생각했을 뿐이다.

"마코토, 잘 돌아왔다. 정말 잘 돌아왔어!" 하고 미친 듯이 아들의 이름을 불러 대는 아버지.

내 옆에 꼭 붙어서 떨어지지 않는 어머니.

내내 말이 없는 형제.

꼼꼼히 관찰하기 힘든 상황이긴 하지만 어쨌든 나는 홈스테이 가족과 대면한 것이다.

엄청난 부자나 연예인 집안이 아닌 건 아쉽지만, 그 심보 고약해 보이는 천사의 눈초리를 보고 애초에 별 기대를 품지 않았던 나는 언뜻 보기에 보통 사람들 같은 것만으로도 만족하기로 하고 조용히 그들을 받아들였다. 눈을 뜬 순간,

빨강과 노랑 줄무늬 타이츠를 입은 여덟 명의 근육맨이 나를 둘러싸고 울고 있을 가능성도 없지는 않을 테니까. 사람은 역시 평범한 게 제일이다.

긴장이 풀리자 갑자기 잠이 쏟아졌다.

조금 전까지 죽어 있던 마코토의 몸은 아직 정상이 아닌지, 말할 수 없이 나른하고 잘 움직여지지 않는다. 끝내 말은 한 마디도 못 한 채로 나는 훅 잠에 빠지고 말았다.

이렇게 나는 고바야시 마코토로서 데뷔를 마쳤다.

졸음과 나른함은 그 뒤로도 계속됐다. 마코토의 몸은 주치의가 탄성을 지를 정도로 빠른 회복세를 보였지만 하루 세 번 먹는 약 때문인지 계속 나른하고 졸렸다. 입원 중인 데다 또 할 일도 없어서 나는 잘됐다 생각하고 누워 있기만 했다.

하루 중 4분의 3을 잠에 빠져 지내는 나날이 이어졌고, 그러다 가끔 생각난 듯이 번쩍 눈을 떠 보면 거기에는 마코토 엄마의 얼굴이 있거나, 아빠의 얼굴이 있거나, 미쓰루의 등이 있거나 했다.

창밖이 밝을 때 잠에서 깨면 반드시 곁에 엄마가 있었다. 몸집이 작고 이목구비가 또렷한 그녀는 언제나 침대 옆 의자에 오도카니 앉아서 내가 눈을 깜박거리는 횟수를 세기라도 하려는 듯 나를 뚫어지게 보고 있었다. 나와 눈이 마주치면 "몸은 괜찮니?"라느니, "텔레비전 켜 줄까?"라고 짤막하게 말을 건넸다. 그 외에는 거의 말을 하지 않았고, 왠지 조심스레 얼굴에 난 종기라도 만지듯이 나를 대했다. 처음엔 그런 태도에 거리감이 느껴졌지만 생각해 보면 마코토는 자살을 기도한 소년이고, 제 나름의 문제를 안고 있었음에 틀림없을 터이니 그녀도 세심한 주의를 기울였을지도 모른다.

형 미쓰루는 언제나 저녁 무렵에 나타나 내 옆에서 몇 시간 동안 있으면서 엄마를 쉬게 해 줬다. 과묵한 사람으로 묵묵히 저녁 식사 준비와 식판 정리를 끝내고 나면 줄곧 등을 돌리고 교과서나 참고서를 펼쳐 놓고 있었다. 교과서를 보고 그가 고3이란 걸 알게 된 나는, 어느 날 큰맘 먹고 "공부하기 힘들지?" 하고 말을 건네 봤다. 그러자 미쓰루는 나를 홱 노려보더니 거칠게 교과서를 덮어 버리고는 타타닥 복도로 나가 버렸다. 입시 스트레스인가?

밤 시간 면회는 일곱 시부터 아홉 시까지. 마코토의 아빠는 그 시간에 거르지 않고 찾아왔다. 둥글둥글한 얼굴에 언제나 싱글벙글 웃는 그가 오면, 나 혼자 쓰기엔 너무 넓은 1인실이 확 환해진다. 아빠는 엄마와 달리 내 눈치를 살피거나 말을 가리지 않았다. "마코토가 살아나서 정말 기쁘구나.", "이렇게 신에게 고마웠던 적이 없었다."라면서 밤마다 자신의 속마음을 맘껏 쏟아 놓고는 홀가분한 모습으로 돌아갔다. 간호사들한테도 인기가 있는지, "참 좋은 아버지네."라는 말을 여러 번 들었다. 비록 남의 아버지지만 싫지 않았다.

그리고, 뭐 인상이야 저마다 달랐지만 이 세 명의 공통점은 그들이 마코토를 진심으로 걱정하는 것 같다는 점. 그 무뚝뚝한 형만 해도 애정이 없다면 그렇게 매일같이 병원에 오지 않을 것이다.

나에게 그들은 단지 호스트 패밀리에 지나지 않지만 그들에게는 마코토가 진짜 가족이란 걸, 나는 입원해 있는 동안 조금씩 실감하게 됐다.

그것이 졸리고 나른하고 몽롱한 나날을 보내면서 학습한 유일한 것이라고 할 수 있다.

입원 생활은 일주일 만에 끝났다. 사실 치료는 벌써 끝났지만 내 케이스가 너무 특수해서(심정지 후 10분 만에 되살아나는 일이 흔하지는 않은 모양이다) 병원 측이 상태를 살피며 자료를 모았기 때문이다. 이래 봬도 나는 기적의 소년으로 아주 귀한 대접을 받았다.

"넌 확실하게 한 번 죽었었다."

퇴원 전에 젊은 주치의는 내 볼을 꼬집으며 말했다.

"그럼 된 거지? 다시는 죽지 마라."

퇴원일은 일요일이었다.

상쾌한 가을날 오후, 나를 데리러 온 가족과 함께 차를 타고 조용한 주택가 모퉁이에 있는 집에 도착하자, 먼지 하나 없는 거실에는 꽃이 꽂힌 화병이 여기저기 놓여 있고, 좌탁에는 초밥이며 스테이크 같은 음식이 푸짐하게 차려져 있었다. 나는 방금 전 평범한 단독 주택을 보며 '이제 부잣집에 대한 희망의 끈은 완전히 사라졌군…….' 하고 실망했던 것도 잊고 가족의 세심한 배려에 감동하고 말았다. 마코토를 대신하여 "……모두들, 정말로 고마워요!"라고 한바탕 연설을 했을 정도다. 입원 중에는 탄로날까 봐 거의 입을 열지 않았던 내가 말을 하자 마코토의 부모는 둘 다 눈시울이 붉어졌다.

딱 가족애의 표본 같은 장면이었다.

프라프라는 분명 홈스테이 가정의 환경은 전생에서 저지른 죄의 경중에 따라서 결정된다고 했는데, 그렇다면 내 죄는 사소한 것에 지나지 않는 게 분명하다. 술버릇이 고약했든가, 씀씀이가 헤펐든가, 아니면 여자를 울리는 놈팡이였든가.

이해할 수 없는 건, 이렇게 좋은 가족과 함께 살면서 마코토는 왜 자살을 했는가 하는 점이었다. 이 집에서는 자살이란 단어가 금기어가 됐는지 아무도 입에 올리지 않았기 때문에, 나는 종종 마코토가 스스로 죽음을 택한 소년이란 사실을 잊어버리곤 한다.

"저녁에도 너 좋아하는 거 많이 해 줄게. 그런데 마코토,

이제 좀 쉬지 그러니. 저녁 먹을 때까지 방에서 한잠 자는 게 어때?"

상 위가 거의 비어 갈 무렵, 내가 걱정스러운지 마코토 엄마가 말했다. 처음으로 가족들과 단란한 시간을 보내느라 살짝 피곤했던 나에게는 고마운 제안이었다.

"응, 그럼 좀 쉬고 올게."

나는 냉큼 자리에서 일어났지만 선 채로 움직이지 못했다. 마코토의 방이 어딘지 몰랐기 때문이다.

어쩌지.

"왜 그러냐, 마코토."

"어디 안 좋아?"

움직이지 않는 나를 가족들이 이상하게 여기기 시작했을 그때.

지금이 바로 가이드가 등장할 때라는 듯이 거실 문 앞에 홀연히 프라프라가 모습을 드러냈다.

무슨 일인지 몸에 꼭 맞게 양복을 입은 프라프라는 나를 보고 따라오라는 듯이 손짓으로 부른다. 응, 하고 대답하려다 황급히 말을 삼켰다. 나 이외의 다른 가족들에게는 프라프라가 보이지 않는다는 것을 깨달았기 때문이다.

말 없는 나를 데리고 프라프라는 소리 없이 계단을 올라갔다. 마코토의 방은 2층 안쪽 깊숙이 있는 다다미 여섯 장 (다다미 한 장의 크기는 가로 90cm×세로 180cm 정도 – 옮긴이)쯤 되는 크기의 서양식 방이었다. 검은색 계열의 심플한 가구에 하늘색 카펫. 창문이 많아서인지 전체적으로 밝았고, 그 풍부한 빛을 봄나물 빛깔 커튼이 받아 내고 있었다.

프라프라가 커튼 앞에 멈춰 서는 걸 보고 나도 침대 가에 앉았다.

"오랜만이네."

나는 빈정거리는 투로 말했다.

"가이드라길래, 더 많은 걸 가르쳐 줄 거라고 기대했더니."

"방침이야."

프라프라는 시원스레 되받았다.

"선입관 따위 갖지 않는 게 좋아. 내가 시시콜콜 안내하는 것보다 먼저 스스로 느끼는 게 좋아."

나는 다시금 프라프라를 뜯어봤다. 뭔가 이상하다.

"저기 말이야. 당신, 위에 있을 때랑 느낌이 너무 다른데?"

내 지적에 프라프라는 피식 웃었다.

"로마에 가면 로마법을 따르라 했지. 솔직히 인간계에서 천사 차림을 하고 있다 보면 가끔은 내가 바보 같아 보이거든. 아무리 인간들 눈에는 안 보인다지만 말이야."

"말투도 위에서는 공손하지 않았던가?"

"옷차림이 흐트러지면 마음도 흐트러지는 법. 하하하, 그건 농담이고. 내 생각엔 이런 차림이 인간계에 어울려. 뭐, 피차 자연스럽게 지내자고."

"어? 어어."

되게 쿨한 천사네.

어안이 벙벙해진 내게 프라프라는 갑자기 사무적으로 물었다.

"어때? 홈스테이는?"

나는 가슴을 펴고 "좋아."라고 대답했다.

"아직까진 잘돼 가고 있어. 사람들도 좋고, 아주머니 요리 솜씨도 그만이고, 그리고 이 방도 그럭저럭 지낼 만한 것 같고 말이야. 생각보다 훨씬 좋아. 고바야시 마코토는 이런 집에 살면서 왜 자살했는지 이해가 안 될 정도야."

"그건 말이지."

프라프라는 눈썹 하나 까딱하지 않고 말했다.

"네가 이 집 식구들의 정체를 몰라서 그래."

"어?"

"넌 아무것도 몰라."

철저하게 무표정한 얼굴과 나직한 목소리에 나는 소름이 돋았다.

"무슨 말이야?"

"마코토 아버지는 인상은 저래 보이지만, 실은 자기 좋을 대로 살아가는 이기적인 사람이야. 어머니는 바로 얼마 전

까지 플라멩코 교실 강사하고 불륜 관계에 있었지. 현실은
그래."

나는 트림이 나오는 걸 꾹 참았다. 아까 너무 많이 먹은
스테이크가 이제야 위에서 움직였다. 생각해 보면, 초밥과
스테이크는 아주 상극이다.

……근데, 방금 프라프라가 무슨 말을 했더라?

"문제를 외면하지 마."

프라프라는 눈을 부릅뜨고 나를 노려보았다.

"좋아, 그렇다면 더 자세히 가르쳐 주지. 피할 수 없는 사
실을 말이야. 고바야시 마코토가 자살한 원인은 복잡하게
얽히고설켜 있어. 너는 마코토의 몸뿐만 아니라 그런 것까
지도 함께 이어받아야 해."

그야말로 천국에서 지옥으로 떨어진 내게 프라프라는 거
침없이 내뱉었다. 그리고 밖으로 난 창문에 훌쩍 올라앉더
니 주머니에서 꺼낸 두툼한 책을 넘기기 시작했다.

"그게 뭐야?"

"가이드의 필수 휴대품인 안내 책자야. 고바야시 마코토
의 생애가 기록돼 있지."

어느 페이지에서 프라프라의 손이 멈췄다.

"여기 있군. 고바야시 마코토가 자살하기 며칠 전 기록이
야."

나는 꼴깍 침을 삼켰다.

알고 싶기도 하고, 알고 싶지 않기도 하고.

"불운의 연속이었던 그의 삶 가운데서도 이날은 최악의 날이었지. 자살 원인은 여러 가지로 보이는데, 도화선이 된 게 바로 이날이군."

프라프라는 거드름을 피우며 그렇게 말을 꺼내고는 차분히 말을 이어 나갔다.

그건 최악이라는 말에 어울리는 하루의 기록이었다.

"9월 10일, 목요일이었지. 그날 밤, 고바야시 마코토는 학원에서 돌아오는 길에 구와바라 히로카가 중년 남자와 팔짱을 끼고 걸어가는 걸 목격했다."

"구와바라 히로카라니?"

"마코토의 학교 후배이자 첫사랑이지."

"흐음."

"그런 애가 중년 남자랑 노닥거린다. 그야 당연히 신경 쓰이겠지. 그래서 마코토는 두 사람 뒤를 밟았어. 그런데 둘이 러브호텔에 들어갔지."

"헉!"

"마코토는 큰 충격을 받았어. 한동안 꼼짝도 할 수 없었지. 그런데, 엎친 데 덮친 격으로 또 다른 비극이 닥쳐온 거야. 같은 호텔 입구에서 이번에는 마코토 엄마하고 플라멩코 강사가 나란히 나오는 걸 봤거든."

"그 아주머니가?"

자상하고 따뜻한 엄마. 그녀가 그런 짓을 했다니 믿기지 않았다. 더구나 친아들이었으니 얼마나 충격이었을까.

"정말 거짓말같이 잔인한 밤이었지. 더구나 비극은 거기서 끝나지 않았어."

프라프라는 숨을 크게 들이마시고 호흡을 가다듬었다. 나도 같이 심호흡을 하며 마음을 진정시켰다.

"마코토가 집에 돌아오자, 형 미쓰루가 텔레비전 앞에서 얼굴이 파랗게 질린 채로 있었어. 방금 전 뉴스에 아버지 회사가 나왔다는 거야. 악덕 상행위를 한 혐의로 사장과 임원 여럿이 체포됐다고."

"설마, 그 아버지도?!"

"아니, 마코토의 아버지는 평사원이라 대부분의 사원들과 마찬가지로 관여하지는 않았어. 여우 같은 사장이 극비로 팀을 꾸려 저지른 모양이야."

"악덕 상행위라면, 어떤?"

"고발당한 건 '간편 다이어트 찐빵'이라는 인터넷 판매 상품이었어. 하나 먹으면 1킬로 빠진다, 두 개 먹으면 2킬로 빠진다, 그런 식으로 과대광고를 해서 팔았던 모양이야. 하지만 실제로는 전혀 특별할 것 없는 보통의 온천 찐빵에 불과했던 거지. 그 외에도 온갖 야비한 짓을 다 한 모양이야. 아직 신생 식품 회사인데 '팔각 전병'이란 신상품을 팔기 위해서 지구 팔각형설을 그럴싸하게 퍼뜨렸지. 근처 슈

퍼의 수돗물을 담아 '슈퍼 워터'라는 이름을 내걸고 비싸게 팔기도 하고……. 나쁘다기보단 천박한 인간들이었지."

프라프라는 어이없다는 듯 어깨를 으쓱했다.

"하지만 뭐, 그런 사람들이라도 마코토 아버지한테는 소중한 상사였겠지. 인정 때문이든 체면상이든 말이야. 그런 상사들이 한꺼번에 붙잡혀 가고 남은 임원들도 책임을 지고 모두 물러날 처지였어. 미쓰루는 뉴스를 보면서, 사람 좋은 아버지는 아마도 마음 아파하고 힘들어할 거라고 걱정했던 거야. 그 얘기를 들은 마코토도 물론 함께 걱정했고. 그런데!"

"……또 무슨 일이 있었는데?"

"드디어 퇴근한 아버지는 현관에서 거실까지 공중제비를 돌면서 들어왔지. 마코토와 미쓰루의 얼굴을 보자마자 다짜고짜 끌어안고는 뽀뽀를 했고. 그리고 함께 삼바 춤을 추자고 소란을 떨었어."

"취했어?"

"그래. 근데, 홧김에 마신 게 아니고 기분이 좋아서 마셨던 거야. 회사 간부들이 전부 퇴사를 하자 인사이동이 있었고, 평사원이던 아버지가 갑자기 부장으로 승진했거든. 단숨에 삼단뛰기. 아버지는 정말 좋아 죽겠다는 얼굴이었어. 상사가 체포되든 잘리든 그건 내 알 바 아니라는 듯이. 덕분에 출세했으니 잘됐다고 말이야."

프라프라는 내뱉듯이 말했다.

"뭐, 사람이란 막상 닥치면 다 그럴지도 모르지만, 자기 아버지의 그런 꼴은 썩 보고 싶지 않겠지? 투박해도, 눈에 띄지 않아도, 착실하게 열심히 살아온 아버지를 마코토는 존경했거든. 그만큼 더 상처를 받았지."

프라프라의 이야기가 끝났는데도 여전히 속이 메슥거리고 거북했다. 해가 기울어진 탓인지 조금 전까지 그토록 눈부셨던 방 안이 몹시 어둡고 음울해 보였다. 나는 프라프라의 날카로운 시선을 피하기 위해 멍하니 천장을 올려다보거나 벽을 둘러보기도 했다.

벽에는 거울이 걸려 있었다.

내 얼굴…… 이 아니라 마코토의 얼굴이 비쳤다.

눈이 작다. 코가 나직하다. 입술은 조그맣다. 입체감이 없는 궁상맞은 얼굴이다.

병원에서 세면대 위 거울로 처음 이 얼굴을 대면했을 때는 맥이 탁 풀렸다. '앞으로 이 얼굴로 살라고!' 하며 프라프라와 그 보스를 원망했다. 일단 이목구비는 제쳐 두더라도 마코토의 얼굴은 전혀 밝은 인상이 아니었다. 웃는 게 어울리지 않았다. 눈동자에 힘이 없었다. 하루도 빠짐없이 찾아오는 저런 가족이 있는데 왜 그랬을까, 궁금해서 견딜 수가 없었는데 지금은 이해가 된다.

중년 남자와 러브호텔에 간 첫사랑.

바람피우는 엄마에, 자신만 좋으면 그만인 아빠.

"말이 나와서 물어보는 건데."

나는 거울을 노려본 채로 말했다.

"형 미쓰루는 어떤 녀석이지?"

"나도 말이 나왔으니 말해 두겠다만, 완전히 무신경하고 고약한 녀석이다. 마코토 얼굴만 보면 빈정거려. 특히 키에 대해서 말이야. 마코토는 키에 대해 열등감이 있었어. 그걸 알고 일부러 더 놀린 거지."

"근데 나한테는 아무 말도 안 하던데?"

"무시하는 거야. 쪽팔리게 자살했다고 화가 난 거지. 야, 침대 밑에 손 좀 넣어 봐."

시키는 대로 침대 밑에 손을 넣자 딱딱하고 울퉁불퉁한 것이 손끝에 닿았다. 꺼내 보니, 엄청 요란한…… 부츠?

"비밀 부츠야."

프라프라가 가르쳐 줬다.

"터무니없이 굽이 높아서 그걸 신으면 키가 쑥 커 보여. 물론 보통 땐 안 신었어. 소심한 마코토는 그걸 인터넷에서 사 놓고도 남한테 들킬까 두려워서 계속 숨겨 두고만 있었던 거지. 그걸 미쓰루가 발견한 것도 자살하기 며칠 전이고. 미쓰루는 마코토를 실컷 놀리고는 마지막에 이렇게 말했어. '포기해. 어차피 넌 발이 작아서 평생 난쟁이 똥자루로 살아야 돼.'라고 말이야. 마코토가 제일 싫어하는 말이었어."

나는 비밀 부츠를 카펫 위에 내동댕이쳤다. 그리고 침대 위에 벌러덩 드러누워 천장을 보았다. 몸에서 힘이 스르르 빠져나갔다. 지금까지 좋은 가족이니, 애정이니 하면서 들떠 있던 나 자신이 바보 같았다.

　조금 전까지 단란했던 모습은 대체 뭐였단 말인가.

　"이제 보니까, 마코토가 지금까지 살아 있었다는 게 신기할 정도네." 하고 나는 프라프라에게 씁쓸하게 웃어 보였다.

　"이런 데서 홈스테이를 하게 되다니, 내가 전생에 어지간히 몹쓸 짓을 했나 본데."

　"아, 한 가지 잊었는데."

　프라프라는 내 이야기 따윈 듣고 있지 않았다.

　"고바야시 마코토는 현재 중학교 3학년이야."

　"뭐?"

　이 정도 키라면 기껏해야 중1 정도라고 생각했다.

　어? 잠깐, 중3이라면…….

　화들짝 놀라는 내게 프라프라는 유쾌하게 한마디 던졌다.

　"다시 말해, 넌 반년 후에 고교 입시를 치러야 하는 거지."

2

평범하고 따뜻한 가정인 줄 알았는데 실은 악마의 소굴 같은 곳이라니. 친절하고 애정이 넘치는 줄만 알았던 가족들은 하나같이 하찮은 본성을 숨기고 있었다. 배우들로 이뤄진 가면 가족. 진짜 마코토가 죽은 사실도 모르고 그들이 이대로 단란한 가족 놀이를 계속해 나간다면, 나도 멋대로 행동하겠다고 마음먹었다.

연보랏빛 앞치마가 잘 어울리는, 무척이나 세련되고 품위 있는 주부의 얼굴로 부엌에 서 있는 엄마. 불륜의 그림자는 털끝만큼도 비치지 말고 당신은 그대로 현모양처를 연기하면 돼. 다만, 나도 착한 아들 역할 따윈 사양하겠어. 그녀가 손수 만드는 음식이 불결하게 느껴져서 나는 거의 입에 대지 않고 남겼다.

만원 전철 안에서도 웃음을 잃지 않고 노인이 있으면 맨 먼저 자리를 양보할 것 같은 아빠. 상사의 불행으로 돌아온 부장 자리에 앉은 심경은 어떠신지? 비루한 출세에 덩실거리면서 당신도 이대로 위선의 미소를 흩뿌리며 살아가면 돼. 다만, 더는 그 미소를 내게는 보내지 마. 나는 아빠가 "다녀오마."라거나 "아빠 왔다."라고 해도 대꾸하지 않았다.

미쓰루는 일찌감치 본색을 드러냈다. 퇴원하고 이틀째 되는 아침, 화장실에서 딱 마주쳤을 때, 한발 빨랐던 내가 그대로 문손잡이를 잡자 미쓰루는 쳇 하고 혀를 차며 "이 죽지도 못하는 자식아."라고 말했다. 무신경하고 고약한 사람. 프라프라가 말한 대로였다. 미쓰루가 나를 무시하는 것처럼 나도 미쓰루를 무시하기로 했다.

이렇게 가족과 거리를 두게 된 나는 자연히 마코토의 방에 틀어박혀 지내게 되었다. 혼자서 CD나 라디오를 듣거나, 마코토의 만화를 읽거나, 밤에는 프라프라와 화투를 치거나. 식사 때만 계단을 내려갔지만 거의 먹지 않고 금세 방으로 돌아왔다. 몸을 움직이지 않으니 배도 고프지 않았다.

가족들은 그런 나의 태도를 이상히 여기지도 않았다.

다시 말해 마코토는 자살 전부터 그런 녀석이었던 거다.

하지만 그런 생활도 며칠 지나자 지겨워졌다.

나는 나흘 만에 더 이상 견디지 못하고, 닷새째 되는 금요일에 슬슬 마코토의 학교에 가 보기로 했다. 그동안은 신중을 기하기 위해 휴양 중이었던 것이다.

엄마는 말은 하지 않았지만 내심 공부가 뒤처지는 게 걱정되었는지 내가 전날 "내일 학교 갈 거야."라고 알리자마자 눈동자가 빛났다.

이튿날 아침에는 오랜만에 일찍 일어나 달걀과 샌드위치를 남기지 않고 깨끗이 먹었다. 이를 닦고, 공들여 세수도 하고, 너무 자란 머리칼을 빗으로 빗어 정돈했다. 세면대 위의 거울을 노려보면서 머리 모양과 패션만 조금 바꾸면 마코토도 조금은 나아지지 않을까…… 하고 생각해 본다. 머리 모양과 패션은 그만큼 중요하다. 지금 마코토는 교복조차도 제대로 소화해 내지 못하는 사람이지만.

준비를 마치고 마코토의 방으로 돌아가서 한 손에 시간표를 들고 교과서를 점검했다. 긴장해서 너무 일찍 일어난 탓에 시간이 남아돌았다. 점검은 금세 끝났다. 내 기분이 우울해진 건 바로 그때였다.

나는 창가로 걸어가 아침 햇살이 쏟아지는 큰길을 내려다봤다. 마코토와 같은 교복을 입은 중학생들이 꿈틀꿈틀 걷고 있었다.

사이좋게 손을 잡은 여자 둘.

장난치는 남자들 그룹.

조숙한 커플.

웃음소리가 여기까지 들려온다.

나는 커튼을 닫고 창가를 떠나 침대 가에 앉았다. 슬슬 나가야 할 시간인데 몸이 움직여지지 않는다. 엄마가 부르러 와도 대답하지 않고 그대로 고집스럽게 앉아 있자니 마침내 책장 뒤에서 스르르 프라프라가 나타났다.

"뭐 해. 지각하겠다."

"기다리는 거야."

"뭘."

"누군가 데리러 와 주기를."

말을 하자마자 더 허무해졌다. 나는 프라프라에게 그 마음을 토해 내기 시작했다.

"들어 봐. 마코토는 자살하고 기적적으로 살아나서 일주일이나 병원에 있었어. 퇴원하고도 나흘이나 학교에 안 갔고. 근데, 누구 하나 문병을 오지 않는 건 왜지? 전화도 없고, 문자도 없어. 필기한 노트를 갖다주는 애도 없어. 나는 지금 그 점에 대해서 의문이 뭉게뭉게 일거든."

"안 좋은 타이밍에 중요한 걸 깨달았군."

프라프라는 떨떠름한 얼굴로 말했다.

"저기 말이야, 먼저 말해 두는데 마코토의 자살에 대해서는 아무도 몰라. 선생님한테는 알렸지만 학생들에게는 감기가 심해져 폐렴에 걸린 것으로 해 뒀지."

"아무리 폐렴이라도 문병 온 사람이 아무도 없었다는 사실엔 변함이 없어."

나는 청보랏빛으로 빛나는 프라프라의 눈동자를 뚫어지게 바라봤다. 마치 일몰 직후의 하늘 같은, 언제 봐도 예쁜 청보랏빛이다.

"이제 무슨 얘기를 들어도 놀라지 않을 테니까 솔직히 말해 줬으면 좋겠는데, 마코토한테는 친구가 없었어? 학교에서도 외로운 녀석이었던 거냐고!"

프라프라의 눈동자가 밤하늘 빛깔로 변했다.

그것만으로도 나는 대답을 들은 셈이다.

프라프라는 가만히 내 옆에 앉더니 여느 때와 달리 진지하게 말했다.

"마코토가 외로웠냐고? 그거야 마코토밖에 모르지. 늘 혼자였던 건 사실이지만 그건 그가 자신만의 세계를 가지고 있었기 때문이기도 해."

"그 말은, 또라이란 말이야?"

"그렇게 보는 학생들도 있었지. 마코토는 내향적이고 지나치게 순진한 구석도 있어서 같은 반 아이들하고도 거의 말을 하지 않았어. 애초에 자신은 그런 인간이라고 믿어 버린 것도 있고. 어차피 자신은 아웃사이더이고 다른 애들이랑 잘 지내지 못한다고, 그렇게 경계선을 긋고는 모두를 멀리했지."

"아무도 마코토한테 다가가지 않은 거네."

"아니, 한 명 있었어. 스스럼없이 말을 걸어오는 애가 딱한 명."

"누구?"

"구와바라 히로카."

첫사랑 상대라…….

"그 애만은 마코토를 이상하게 보지 않았고 언제나 밝게 말을 건넸지. 누구한테나 그랬는지는 모르지만 마코토한테는 특별한 일이었어. 알지? 그 애의 한마디 한마디가 특별한 말이었던 거야."

"그런 애가 중년 아저씨랑 러브호텔에."

나는 이불 위로 쓰러졌다.

"말도 안 돼!"

진짜 이렇게까지 운 없는 녀석도 드물 거다. 거기다 그런 녀석의 대역을 맡게 된 나도 마코토만큼이나 운이 없다. 나는 이 재도전이 점점 더 우울하게 여겨졌다.

"원망할 거면 네 전생을 원망해. 그보다 지금은 학교에 가야지. 슬슬 나가지 않으면 진짜 지각이야."

프라프라가 나를 잡아 일으켜 세우려고 했다.

"그깟 학교, 안 갈 거야. 젠장."

"그럼, 고바야시 마코토 실격인데."

"상관없어, 실격해도."

"다시는 윤회 사이클로 돌아가지 못하는데도?"

"상관없어, 돌아가지 못해도."

"앞으로 화투 상대, 안 해 줄 거다."

"그건……."

'잔인하긴!' 하고 생각하며 나는 벌떡 일어났다. 이 짜증 나는 하루하루를 살아가는 데 화투는 나의 유일한 오락거리다.

"괜찮은 거야, 5연패인 채로 끝나도?"

"제길."

이 세상에는 하느님도 부처님도 없다.

단지 미심쩍은 천사만 있을 뿐이다.

학교까지는 걸어서 20분. 프라프라는 나를 안내하는 동안에도 마코토가 살아온 이야기를 계속했다. 마지막에는 걸음이 빨라져, 종종걸음으로 교문을 지나 마코토의 교실에 도착한 건 조회 시작 직전이었다.

교실 문을 열자 이미 반 아이들은 모두 제자리에 앉아 있었다. 그리고 일제히 나를 돌아보더니 말로 표현할 수 없는 묘한 얼굴을 했다.

느낌표와 물음표를 교실 안에 마구 뿌려 놓은 듯한 침묵.

적어도 아파서 결석하다 오랜만에 등교한 친구를 따뜻하게 맞아 주는 분위기는 아니었다. 나는 순간적으로 프라프라의 말이 거짓이 아님을 깨달았다.

"자 그럼, 시작할까."

내가 자리에 앉고 나서 몇 분 후, 담임 교사가 들어왔다.

"오늘은 프린트가 많다. 빨리 나눠 주고, 빨리 끝내겠다. 음, 먼저 출석 체크부터."

담임인 사와다는 서른 안팎의 독신남. 고릴라 같은 체격을 자랑하는 체육 교사로, 그 초인적인 엄청난 힘도 고릴라급이라고 한다. 입원 중에 여러 번 문병을 왔다는데 그때마다 나는 자고 있었다. 이상은 프라프라의 안내로 알게 된 사실.

"고바야시 마코토, 없나!"

느닷없는 고함 소리에 깜짝 놀랐다.

반 애들의 시선이 다시 내게 집중됐다. 교탁 뒤에는 담임의 무서운 얼굴. 아까부터 몇 번이나 불렀던 모양이다.

"있으면 대답해."

"예, 있습니다."

내가 대답했다.

순간, 교실이 웅성웅성 술렁였다.

담임마저도 의외인 듯 눈이 휘둥그레졌다.

"호우, 마코토. 오늘은 목소리가 밝은데."

……무슨 소리, 이게 평소 목소리인데.

마음속으로 투덜거리면서 나는 반 아이들 반응을 살피기

위해 다시금 한마디 해 봤다.

"네, 덕분에 이제 완전 건강합니다."

교실의 웅성거림이 아까보다 두 배나 더 커졌다.

마코토가 밝고 건강한 게 몹시 이상한 일인 모양이었다. 나는 그날 종일토록 출산을 앞둔 외계인을 보는 듯한 우리 반 애들의 시선을 받아 내야 했다. 모두가 나를 멀찍이서 기분 나쁜 듯이 쳐다보거나 수상쩍은 듯이 관찰했다.

하지만 다들 '마코토가 변했다'고 놀랄 뿐이지 '영혼이 바뀌었다'고 의심하지는 않았다. 그래서 나는 남들이 놀라든 의심하든 신경 쓰지 않고 하고 싶은 대로 행동할 생각이었다. 아무리 거동이 이상하다 해도 겉모습이 고바야시 마코토인 이상 나는 당연히 고바야시 마코토인 것이다.

그런 기본 방침으로 나갔지만 개중에는 예리한 애도 있게 마련이다.

섬뜩할 정도의 사건이 있었던 건 그날 점심시간. 나는 학교 뒤뜰에서 낮잠을 자고 교실로 돌아가는 길이었다.

갑자기 복도 뒤쪽에서 발소리가 쿵쿵쿵 다가와서 돌아보니, 짧은 머리에 키가 작달막한 여자애가 나를 말똥말똥 올려다보고 있었다. 마코토의 시선으로 봐도 작은 걸 보면 이 여자애도 어지간히 작다.

"세미나?"

반짝반짝 빛나는 눈동자를 연신 굴려 대며 땅꼬마 여자

애가 불쑥 그렇게 말했다.

"세미나에 갔다 온 거지? 거기서 자신을 바꾸고 온 거, 맞지?"

"그게 뭔데."

"얼버무리지 마. 다 알아. 너 오늘 계속 이상했어. 평소의 너랑 달랐다고."

"무슨 말이냐?"

내가 움찔해서 뒷걸음질 치자, 땅꼬마는 "그럼 그렇지." 하며 '내 짐작이 맞았다'는 표정으로 고개를 끄덕이고는 말을 이었다.

"역시 그랬어. 전에 봤거든. 세미나 기사. 비싼 돈 내고 세뇌당하는 거 말이야. 새로운 자신으로 바뀌는 거지. 마코토, 너도 그런 거지? 학교 결석하고 세미나에 다녔던 거야. 그래서 적극적이고, 긍정적이고, 활달한 인간으로 다시 태어난 거야. 근데, 너한텐 그런 거 안 어울리거든."

"미안한데."

나는 기분이 팍 상했다.

"분명히 말하지만, 난 세미나 같은 데 안 갔어."

"그럼, 뭐야? 그게 아니라면 뭐 했는데?"

"아무것도 안 했어."

"거짓말. 못 믿겠어."

"오케이. 안 믿어도 돼."

도대체 이 여자애는 누구지? 나의 어디가 적극적이고 긍정적이고 활달하다는 거지? 의문이 끊이지 않았지만 나는 땅꼬마를 남겨 두고 다시 걷기 시작했다. 이런 식으로 나오는 인간하고는 깊이 관계하지 않는 게 좋을 것 같았다.

"절대 못 믿어!"

내가 복도를 꺾어 돌아갈 때까지 땅꼬마는 끈질기게 소리쳤다.

"난 다 안다고. 반드시 뭔가 있어. 다른 사람은 다 속여도 난 못 속여!"

이상한 땅꼬마. 하지만 묘하게 예리하다.

속으로 적잖이 동요했던 나는 곧바로 남자 화장실의 칸막이 안으로 들어가 프라프라를 호출했다.

"방금 걔, 누구야?"

"그게 말이지."

모습을 드러냈을 때부터 프라프라는 이미 안내 책자를 뒤적이고 있었다. 그러나 보통 때의 자신만만한 가이드의 표정이 아닐 뿐더러 책장을 넘기는 손가락에는 초조함마저 묻어났다.

"없어."

결국, 포기하고 안내 책자를 덮는다.

"저 애에 대해서는 안 나왔는데."

"무슨 말이야?"

"안내 책자에 나와 있지 않다는 건, 다시 말해 마코토의 기억 속에는 저 애가 존재하지 않는다는 거지."

"그렇다면." 하고 나는 말했다.

"안중에 없었다고?"

"그런 거지." 하고 프라프라는 고개를 끄덕였다.

"간단히 말하면."

"흐음."

미덥지 못한 안내 책자를 곁눈질하면서 나는 마음이 복잡해졌다.

고바야시 마코토의 안중에도 없었던 이상한 땅꼬마.

그 애만이 유일하게 내가 마코토가 아니라는 걸 탐지해 냈단 말인가…….

등교 첫날은 한없이 길었다. 교실에서는 모두의 시선 공격을 받고, 복도에서는 이상한 땅꼬마의 질문 공세에 시달린 나는 종례가 끝나자 완전히 녹초가 됐다. 하지만 반드시 딱 한 곳, 마코토의 행동반경을 점검해 두고 싶은 장소가 있었다.

방과 후의 미술실이었다.

이것도 오늘 아침에 프라프라에게 처음 들은 이야기인데, 마코토는 굉장히 열심인 미술부원이었다. 괜찮은 구석이라곤 눈 씻고 봐도 없을 것 같은 녀석이지만 그림만은 수

준급이었고, 미술 시간과 동아리 활동을 즐기러 학교에 다녔던 모양이다.

그 때문인지, 동아리 활동은 원칙적으로 3학년 1학기까지로 제한하고 있는데도 마코토는 2학기에도 계속 미술부에 얼굴을 비쳤다. 마코토 외에도 그런 3학년이 있었기 때문에, 담당 교사는 묵인하는 차원을 넘어 오히려 마코토 같은 학생들의 열의를 격려할 정도였다.

그러나 마코토의 열의는 단지 캔버스에만 향한 건 아니었던 모양이다.

그날 방과 후, 나는 신축 교사 3층에 있는 미술실에 들어가자마자 뒤에 있는 선반에서 마코토의 캔버스를 찾기 시작했다. 미완성의 유화 한 장이 나왔다. 나는 유화 물감을 펼쳐 놓고 마코토의 캔버스를 이젤에 올려놓았다.

앉아 있는 것만으로도 좋았지만, 이젤 앞에 앉으니 그리고 싶어졌다.

마코토의 캔버스를 마주한 지 10여 분. 마침내 나는 목재 팔레트에 물감을 짜 놓고 미완성 그림을 채워 가기 시작했다. 처음에는 그냥 보고 흉내만 냈지만 시간이 지나면서 점차 붓놀림이 빨라지고 어느새 그림의 세계에 푹 빠져 놀고 있었다.

벽돌색 저녁 햇살이 들어오는 따뜻한 교실.

묘하게 마음이 편해지는 유화 물감 냄새.

이렇게 만족스러운 고요함 속에 있자니 자연스레 마코토의 기분이 이해됐다. 실내에 있는 십여 명의 미술부원들은 하나같이 열정적인 표정으로 캔버스에 집중하고 있다. 3학년 A반 교실처럼 나를 흘끗흘끗 쳐다보는 시선은 없다. 이따금 들려오는 시시한 잡담이나 웃음소리는 오히려 주변 공기를 부드럽게 만들었다.

이곳에서 마코토는 마음의 평안을 얻었던 것이다.

마음 편히 있을 수 있는 곳은 여기뿐이었다.

캔버스를 앞에 두고 그렇게 확신한 순간, 왠지 가슴이 먹먹해졌다.

"마코토, 오랜만이네!"

그때, 등 뒤에서 새콤달콤한 과일 같은 목소리가 났다.

돌아보지 않아도 난 그 목소리의 주인공을 알고 있었다.

구와바라 히로카. 그 애를 한번 보려고 여기에 온 것이다.

대체 어떤 애일까? 허둥지둥 돌아보니, 약간 통통한 갈색 머리 여자애가 마코토의 캔버스를 들여다보고 있었다.

"마코토, 그간 뭐 했어? 계속 안 왔잖아. 이 그림, 이대로 안 그리는 줄 알고 히로카 걱정했단 말이야. 히로카가 좋아하는 그림인데. 히로카는 이 그림 때문에 항상 여기 온단 말이야. 헤헤헤, 뻥이야."

거짓말이란 것도 프라프라에게 들어서 알고 있었다. 구와바라 히로카는 동아리 활동을 하지 않지만 친구가 미술부에 있기 때문에 어쩌다 기분 내키면 이렇게 어슬렁어슬렁 놀러 온다. 그리고 마코토는 이 히로카가 말을 걸어 주기를 언제나 숨죽인 채 기다렸던 것이다.

"그래도 다행이네, 마코토가 부활해서. 이 그림, 꼭 완성해. 마코토 그림, 요즘 너무 어두워졌잖아. 근데 이건 오랜만에 예쁜 색이라 히로카, 굉장히 기대 있단 말이야."

허리를 구부리고, 내게 거의 뺨을 갖다 대듯 하고 말하는 그 애는 내가 상상했던 구와바라 히로카와는 많이 달랐다. 더 어른스럽고 새침한 여자애를 상상했지만 목소리도 말투도 어린애 같다. 그럼에도 묘하게 섹시하다. 그 애의 긴 머리카락이 뺨에 닿을 때마다 내 심장은 쾅쾅 뛰었고 금방이라도 터질 것 같았다. 어쩌면 마코토의 몸이 멋대로 반응하는 건지도 모르지만.

"마코토, 다시는 땡땡이치면 안 돼. 히로카랑 약속. 히로카가 좋아하는 예쁜 색 그림을 꼭 완성시키겠습니다. 알겠지? 이 말도 그리다 만 채로 두면 불쌍하잖아."

히로카는 2학년인 주제에 마코토를 '선배'라고 부르지 않고 '마코토'라고 부른다. 그런 시건방진 부분에도 마코토는 분명 가슴이 뛰었을 것이다.

"있지, 히로카는 이 말, 무지 잘 그렸다고 생각해. 아직 윤곽만 그린 건데도 엄청 생동감 있거든. 하늘을 날고 있는 거지? 멋져."

미인은 아니지만 요염하다. 보드라울 것 같은 우윳빛 피부에 소름이 돋았다. 러브호텔의 이미지가 사라지지 않은 탓인지도 모르지만, 도톰한 입술 정도는 손만 뻗으면 닿을 거라고 생각하니 하반신이 마비될 지경이었다. 아니, 물론 마코토의 하반신이 멋대로…….

"배경인 파랑도 엄청 예뻐. 이런 파랑은 보기 힘들거든. 드넓고, 맑은 게 꼭 활짝 갠 하늘같아. 히로카, 이런 하늘 본 적은 없지만 좋아해."

무엇보다 구와바라 히로카의 가장 좋은 점은 마코토가 말하지 않아도 혼자서 멋대로 재잘대는 것이다. 말수 적은 마코토로서는 이만큼 마음이 놓이는 상대도 없었을 것이다.

다만, 나는 히로카가 하는 말에 전적으로 동의할 수 없었다.

캔버스 전체에 칠해진 파랑. 그 오른쪽 위에 떠 있는 말은 아직 미완성이라 인상이 희미하다. 지금으로서는 마치 파랑이 주역인 그림으로 보인다. 히로카는 이 파랑을 하늘이라고 말했다. 하지만 나는 오히려…….

"난 바다라고 생각해."

느닷없이 등 뒤에서 들리는 귀에 익은 목소리에 같은 생각을 하던 나는 뜨끔했다.

"하늘을 나는 말도 멋지지만, 내 눈에는 아무래도 바다에서 헤엄치고 있는 말로 보여. 깊고 조용한 바다 밑에 있는 거지. 천천히 수면을 향해 가고 있어. 봐, 그래서 이 윗부분의 파랑이 약간 밝잖아?"

"그래, 바로 그거야!"

나는 흥분해서 목소리의 주인을 돌아봤다.

순간 흥분이 싹 가셨다.

"그러니까 내가 말했잖아."

땅꼬마는 만족스러운 듯이 생긋 웃었다.

"내 눈은 못 속인다고."

3

땅꼬마의 이름은 사노 쇼코. 마코토와 같은 3학년 A반, 더구나 같은 미술부라는 것도 알았다. 그런데도 마코토의 시야에 들어오지 않았던 수수께끼 같은 존재다. 하긴, 마코토의 시야에는 구와바라 히로카밖에 들어오지 않았는지도 모르지만.

아무튼 나는 그 뒤로도 사노 쇼코에게 엄청 시달리게 된다.

쇼코는 끈질기게 '마코토는 예전의 마코토가 아니다'라고 굳게 믿고(하긴, 그건 적중했지만) 내 가면을 벗기기라도 하려는 듯이 무서운 집념으로 따라붙었다.

"세미나가 아니면, 혹시 최면 요법?"

"설마…… 설마 그럴 리야 없겠지만, 만약 그렇다면 솔직히 말해 줘. 스리랑카에 가서 악마라도 쫓아내고 온 거야?"

"아님, 돌고래랑 헤엄치고 왔니?"

"우리 아빠가 아는 사람은, 아기가 생긴 뒤로 완전히 딴사람처럼 변했다던데, 설마 마코토 너 그 나이에 아기를……."

도대체 어디에서 정보를 얻는지 끊임없이 새로운 설을 들고 나왔다.

"최면술 같은 거 안 믿어."

"악마 퇴치? 그거라면 천사에게 부탁했겠지."

"수영은 질색이야."

"그런 일 없지만, 나라면 피임했겠지."

처음에는 일일이 반론했던 나도 점점 귀찮아지고, 끝내는 바보 같다는 생각에 쇼코의 그림자만 보여도 얼른 도망치게 됐다.

가장 안전한 피난 장소는 미술실이었다. 이상하게도 내가 그림 그릴 때만은 쇼코도 방해하지 않았기 때문이다. 어느 일정 거리 안으로는 절대 다가오지 않았고, 내 등 뒤에서 얌전하게 캔버스를 바라봤다. 그림을 아는 사람에게 미술실은 일종의 성역인 것일까.

—그렇다. 좀 부끄럽지만 나는 그 뒤로도 미술부에 계속 다녔다.

어쨌든 나는 시간이 남아돌았고, 방과 후 곧장 집에 가봐야 할 일도 없다. 그런 가족과 얼굴을 마주 대하며 불안해하느니 차라리 늦게까지 학교에 남아 있는 편이 백배 나왔다.

구와바라 히로카도 신경이 쓰였다. 솔직히 말하면, 나도 마코토처럼 히로카가 말을 걸어 주기를 숨죽이고 기다리게 됐다. 썩 좋은 취미가 아니란 건 잘 알지만, 그 애가 마코토를 괴롭게 만든 사람 가운데 하나라는 것도 알지만, 그럼에도 히로카에게는 콕 집어 말할 수 없는 매력이 있었다. 그래서 그 이상한 말투로 영문 모를 이야기를 계속하기를 바랐고, 내가 그 중년 남성이었다면 하고 생각하기도 했고…….

그러나 역시 내가 거르지 않고 미술실에 다니는 가장 큰 이유는, 순수하게 그림 그리는 즐거움을 알아 버렸기 때문일 것이다.

나는 마코토의 파란 그림을 시간을 들여 꼼꼼히 완성할 생각이다. 역시 육체가 마코토이기 때문인지 유화에 금세 익숙해져 실력이 늘었다. 그것은 테크닉을 습득했다기보다 원래부터 알고 있던 어떤 것을 서서히 되찾아 가는 감각에 가까웠다.

나는 쭈뼛쭈뼛 캔버스에 붓을 올려놓는다.

그러자 조금 전까지 없었던 자그마한 무엇이 깃든다.

거듭하다 보니 조그만 무엇은 커다란 무엇으로 변한다.

이윽고 희미하게 어떤 세계 같은 것이 나타난다.

우리들의 세계다.

나와 마코토의—.

그렇게 그림의 세계에 젖어 있을 때만 나는 마코토의 불운한 처지와 고독과 비참함과 작은 키를 잊었다. 유화는 나날이 더 강하게 나를 끌어당겼다. 2학기 중간고사를 앞두고 미술실에 사람이 오지 않아도 나는 거르지 않고 부지런히 다녔다.

　　그 결과, 시험 종료와 동시에 나는 담임에게 호출당하는 신세가 됐다.

　　"잘 들어, 마코토. 난 말이다, 네가 오래 결석한 건 충분히 이해한다. 정신적으로도 힘든 시기였을 테니 말이야. 그러나 그걸 고려한다 해도 이건 좀……."

　　담임은 시험 성적표를 팔랑팔랑 흔들면서 말했다.

　　"이건 너무 심해."

　　전적으로 동감이다.

　　방과 후의 어둠침침한 교무실. 나와 담임은 마코토에 관한 심각한 문제로 골치가 아팠다. 국·영·수 평균이 35점, 거기에 과학과 사회까지 포함시키면 31점. 이런 비상식적인 성적 부진에 대해서였다.

　　"아니 뭐, 1학기와 별반 다를 것도 없지만 다들 2학기가 되면 초조해한다. 그래도 어쨌든 수험생인데, 이래서 되겠냐."

　　담임은 굵직한 눈썹을 내려뜨리고 매우 난감해했다.

나도 난감했다.

이건 어디까지나 고바야시 마코토의 시험이고, 그동안 축적된 것이 있을 테니 2학기에 내가 아무리 수업을 제대로 듣지 않았다곤 해도 시험지만 넘기면 그다음은 마코토의 뇌세포가 알아서 해결해 주리라 믿었다. 시험지를 넘기자마자 불길한 예감이 스멀스멀 밀려들긴 했지만 설마 마코토의 뇌세포가 이렇게 한심한 줄은…….

"이렇게 되면, 너 정말로 고등학교 가기 어렵다."

때가 때인 만큼 이야기는 자연스레 입시 문제로 기울었다.

담임 말을 들어 보니, 고교 입시에 영향을 미치는 내신이란 3학년 2학기까지의 성적인데, 시험 결과뿐 아니라 수업 태도와 출석률, 과제 제출 비율 등을 포함한 종합적인 평가인 모양이다. 마코토는 1학기 내신 성적이 최하위였다. 담임은 분명하게 말하지는 않았지만 최하위란 문자 그대로 반에서 꼴찌를 가리키는 것 같았다.

그렇다면 어떻게든 2학기에 만회해야 했다.

"그런데 이 모양이다."

담임도 막막한 모양이었다.

"어떡할 거냐, 마코토. 이래 가지고는 사립에 단수 지원하는 방법뿐이다."

"단수 지원요?"

"앞으로 단단히 마음먹고 공부에 전념해서 입학시험 때

좋은 성적을 거둔다면 모를까, 이 점수로 승부를 거는 건 위험해. 안전하게 가려면 역시 단수 지원이나 추천을 받아야 하는데. 최근에는 공립도 추천 범위를 늘리긴 했다만, 그래도 제일 안심할 수 있는 단수 지원으로 갈 거면 역시 사립이지."

"사립에 단수 지원하면 저도 합격할 수 있어요?"

"어느 학교든 상관없다면야."

단수 지원.

잘은 모르지만 나는 그걸 하기로 했다.

"저 그럼, 단수 지원으로 하겠습니다."

"뭐?"

"사립에 단수 지원으로 결정했습니다."

"결정하다니, 그렇게 쉽게……."

"학교도 어디든 상관없습니다."

"하지만, 지금 네 수준으로는……."

당혹스러워하는 담임에게 나는 "상관없습니다."라고 딱 잘라 말했다.

"저는 제 수준에 맞게 가는 게 좋습니다."

이야기가 끝난 줄 알고 나는 자리에서 일어섰다. 뭐, 별로 난처할 일도 없었다.

"그래, 너도 그런 타입이었어?"

담임은 고개를 갸우뚱하면서 주위 교사들에게는 들리지

않게 작은 소리로 나직이 중얼거렸다.

"요즘 많지. 경쟁의식이라곤 눈곱만큼도 없는 수험생. 뭐 그것도 좋지만, 아직 시간 있으니까 한 번 더 곰곰이 생각해 봐라. 부모님하고도 잘 상의해 보고."

"그리고." 하고 담임의 거친 손이 내 어깨를 잡아 다시 의자에 앉혔다.

"어떠냐, 몸은?"

"몸요?"

"그 뭐냐, 그러니까 저, 그게 말이야, 그……."

담임은 말을 꺼내기 어려운 듯이 입속으로 웅얼거렸다.

"아 그게 그러니까, 그 일에 대해선 당분간 얘기하지 말라고 어머님이 부탁하셨다만 아무래도…… 걱정이 돼서 말이지."

'아하!' 하고 나는 생각했다.

"자살 얘기예요?"

"야, 이런 바보 같으니라고. 그렇게 대놓고 말하면 어떡해!"

"그 일이라면 이제 아무렇지도 않아요. 잠시 방황했나 봅니다. 다시는 안 하겠습니다."

너무나 아무렇지 않게 웃어 보이자 담임은 나에게 코를 바짝 들이대고 킁킁거리며 물었다.

"정말이야?"

"정말입니다."

"내기할래?"

"아니요."

"쩨쩨하긴."

"선생님이야말로."

"응, 요즘 너를 보고 있으면 확실히 홀가분해진 것 같거든."

마지막으로 담임은 그 딱딱하고 위엄 있는 고릴라 얼굴에 힘주어 말했다.

"그래도 혹시 애들이랑 무슨 문제가 생기면, 바로 나한테 얘기해라. 힘이 돼 줄 테니까. 내 힘은 굉장하거든."

그 말은 진심인 듯했다.

프라프라의 가이드에 따르면 담임은 그 굉장한 힘으로 학생들을 지켜 온 모양이다. '왕따 시키는 게 눈에 띄면 일단은 반 죽여 놓겠다. 그리고 자초지종은 나중에 듣겠다.'라는 신조를 가지고 있는 담임을 만난 건 마코토의 몇 안 되는, 아니 제로에 가까운 행운 가운데 유일했다고 할 수 있다.

그런 감동에 젖으면서 나는 담임에게 가볍게 고개 숙여 인사하고 교무실을 나왔다.

그날 밤, 나는 일단 마코토의 엄마에게 "고등학교는 사립에 단수 지원으로 할 거야."라고 보고해 뒀다.

당시의 나로서는 마코토의 자살 사건 이후로 줄곧 쉬고 있는 학원 문제를 매듭짓고 싶었던 것이다. 큰 기대만 않는다면 지금 실력으로도 뭐든 할 수 있으니 이제 학원은 그만두겠다고.

"그래? 벌써 정했니?"

갑작스러운 보고에 엄마는 곤혹스러운 기색이었다.

"선생님하고 상담해 봤니?"

"응."

"선생님도 그러래?"

"응."

"그래……."

엄마는 깊은 생각에 빠져 있었다. 나도 이때는 엄마의 반응보다도 다른 일에 정신이 팔려 있었다.

오후 일곱 시. 평소와 다름없는 식사 시간. 그런데 이날 저녁, 거실 좌탁을 사이에 두고 마주 앉은 건 나와 엄마 둘뿐이었다.

이 정적은 대체 뭐지?

매일 밤 입시 학원에 다니는 미쓰루는 그렇다 쳐도 언제나 붙박이처럼 묵직하게 앉아 있던 아빠가 없는 건 내가 퇴원한 뒤로 처음이었다.

"아빠는 오늘부터 또 계속 야근인가 봐."

내 의문을 눈치챘는지 엄마도 아빠의 빈자리에 눈을 돌

리며 말했다.

"너도 알고 있겠지만, 지금 아빠 회사가 많이 어렵잖아. 부정이 드러난 뒤로, 어떻게든 신뢰를 회복하려고 모두들 애쓰고 있어. 하지만 아빠는 네가 더 소중하다면서 여태까지 무리해서 일찍 퇴근하셨던 거야. 그런데 앞으론 그럴 수 없게 돼서⋯⋯. 너도 꽤 안정을 되찾은 것 같다고, 다시 회사 인간으로 복귀한 모양이다."

"흐음."

나는 콧방귀를 뀌었다.

"부장님은 힘들겠네."

"그러게, 여러모로 새로운 일도 늘어났겠지."

빈정거리는 것도 눈치채지 못하는 이 둔감함.

앞으로는 그녀와 단둘이 식사하는 날이 많아진다는 말인가. 상상만으로도 진절머리가 났다. 엄마와 둘이서 식사하는 건 누구든 싫겠지만 하물며 나는 남의 엄마하고 밥을 먹어야 한다.

낯모르는 아주머니.

바람을 피운 유부녀.

더러운 중년 여자.

나와는 상관없다고 생각했지만 명치께에서 불쑥불쑥 치밀어 오르는 불쾌감은 이따금 나를 잔인하게 만들었다.

"둘이서 밥 먹으면 말이야."

그렇다, 예를 들면 이런 식으로. 나는 엄마의 쭈뼛거리는 눈동자를 찌르듯이 응시하면서 말을 뱉어 버렸다.

"토할 것 같거든."

그대로 젓가락을 내던지고 서슴지 않고 방으로 돌아갔다.

그 뒤로 화장실에 다녀오다가 그녀와 마주쳤을 때 그 눈동자가 붉게 젖은 것을 보고 양심에 찔리지 않은 건 아니지만, 원인은 이 여자 때문인데 내가 왜 양심에 가책을 느껴야 하나 싶자 금세 분노가 두 배로 커져서 여봐란듯이 눈물을 글썽이는 그 눈이 밉살스러웠다.

그냥 호스트 패밀리일 뿐, 단지 임시 거처일 뿐이란 걸 알면서도 고바야시 가족의 집에 있는 나는 늘 초조했다.

그럴 때마다 거친 마음을 진정시켜 주는 마술처럼 떠오르는 건 구와바라 히로카였다.

그 통통한 얼굴과 끈적한 목소리에는 신기하게 내 마음을 누그러뜨리는 마력이 있었다. 이게 사랑인지 뭔지도 모르는 채, 히로카를 떠올리는 시간이 나날이 늘어 갔다. 잠들지 못하는 밤에는 히로카를 생각하면서 마코토의 몸을 만족시켜 주기도 했다. 성가신 일이다.

시간이 지나면서 나는 점점 프라프라의 안내 책자에 있던 마코토의 기억에 의문을 품기 시작했다.

요컨대, 그건 마코토의 착각에 지나지 않는다는 생각이

들기 시작한 것이다.

내 생각으로는 히로카와 함께 있던 중년 남성은 분명 히로카의 아버지였다. 드라마나 만화에 종종 등장하는 지레짐작이었던 것이다. 마코토는 흔히 있을 법한 함정에 빠진 것이다. 그렇다, 틀림없다. ……하지만, 그렇다면 러브호텔에는 왜?

아버지가 쓰러진 거다! 그래, 히로카와 둘이서 걸어가다 갑자기 몸에 이상이 생긴 거다. 주위를 둘러봐도 쉴 만한 곳이 없다. 하는 수 없이 히로카는 러브호텔에서 두 시간만 쉬고 가기로 했다. 있을 수 있는 이야기다. 실제로 나도 그런 부녀를 자주 본다. 일상다반사로…… 그럴 리 없겠지.

그럴 리는 없다.

"하나 묻고 싶은데."

어느 날 밤, 나는 생각다 못해 프라프라에게 물어봤다.

"나는 지금 고바야시 마코토의 몸으로 살고 있지만, 실은 단지 영혼에 지나지 않잖아. 영혼은 가볍고 투명해서 어디든지 팔락팔락 날아갈 수 있는 거지?"

"만약." 하고 프라프라는 쌀쌀맞게 말했다.

"지금 히로카 방까지 둥둥 떠가서 옷 갈아입는 장면이라도 엿보고 싶은 거라면, 그런 생각일랑 일찌감치 버리는 게 좋아."

"헉!"

나는 몸을 뒤로 젖혔다.

"어떻게 알았어?"

"남자는 다 그걸 물으니까."

이런 식의 질문에는 넌덜머리가 났는지 프라프라의 목소리가 매몰찼다.

"이놈 저놈 할 것 없이 다 영혼과 유령과 투명 인간을 뒤죽박죽 혼동하고 있어. 근데 유감스럽게도 넌 유령만큼 자유롭지도 못하고, 투명 인간만큼 특별한 재주도 없어. 그저 보잘것없는 한 영혼에 지나지 않아. 더구나 지금은 고바야시 마코토의 육체에 묶여 있어서 그렇게 내키는 대로 자유롭게 드나들 수도 없고. 정 구와바라 히로카가 옷 갈아입는 걸 보고 싶다면 현관으로 들어가서 보든가."

"아우!"

나는 침대 위로 풀썩 쓰러졌다. 순간, 한층 더 쌀쌀맞은 프라프라의 목소리가 등에 꽂혔다.

"야, 설마 너, 그런 시커먼 속셈으로 날 부른 건 아니겠지."

나는 벌떡 일어나 창가에 멈춰 선 프라프라를 봤다. 늘 그렇듯 얼굴은 무표정하지만 눈동자는 목소리만큼이나 싸늘했다. 아무래도 화가 난 것 같아서 허둥지둥 침대에서 내려와 책상 서랍에서 화투를 꺼냈다.

"오늘은 7회전까지, 어때?"

씨익 웃어 보였다.

프라프라는 웃어 주지도 않고, 대신 책상 의자를 가리켰다.

"잠깐 앉아."

"응?"

"앉으라고."

"으응."

나는 하는 수 없이 의자에 앉았다.

곧장 프라프라는 낚아 올린 물고기라도 처리하듯 무시무시한 기세로 설교를 시작했다.

"너 말이야, 전부터 물어보고 싶었는데, 재도전자로서 자각이 있기나 한 거냐? 여기가 수행의 장이란 걸 알고나 있느냔 말이야. 가만히 지켜봤더니, 마냥 빈둥빈둥……."

홈스테이가 시작된 지 한 달 남짓. 아무래도 프라프라는 나의 고바야시 마코토 연기가 마음에 들지 않는 모양이었다.

"재도전을 시작한 이상, 역시 그 나름의 도전이 필요하단 말이다."

프라프라의 말투는 드물게 거칠었다. 전생에는 실패한 이 인간계에서, 어떻게든 영혼을 다시 단련하고 다시 태어날 자격을 얻으려는 마음가짐! 기백! 근성! 이런 것들이 필요하다는 거다. 그런데 나에겐 이 '!'가 하나도 없다. 유화에 대한 열의 하나는 높이 평가할 수 있지만 그 이외에는 아무것도 하지 않고 구와바라 히로카 생각만 하고 있다. 고등학교 입시만 해도 제일 편한 길을 냉큼 선택한 꼴이고, 이렇게 하루하루를 보낸다면 도저히 수행한다고 할 수 없다. 수행이 안 되면 영혼의 단계는 올라가지 않는다. 영혼의 단계가 올라가면 나는 저절로 전생에 저지른 죄를 기억할 수 있는데, 이렇게 가다간 그때가 언제일지 까마득하다.

"너 말이야, 전생의 일 같은 건 기억해 낼 생각도 안 하지? 왜 여기에 있는지 잊었어? 이런 말 하고 싶진 않다만, 이런 식이면 나도 가이드하는 보람이 없어. 의욕 넘치고 능동적인 영혼을 안내하는 가이드가 부럽다, 진심."

마지막은 푸념으로 마무리하고, 프라프라는 후유 하고 한숨을 내쉬더니 침대 가에 걸터앉았다.

"끝났어?"라고 물어도 대답이 없다. 끝난 모양이다.

그래서 나는 맹렬하게 반격을 개시했다.

"그럼, 말 좀 하겠는데, 나도 그 전생에 저지른 죄란 거에 대해서 생각 안 해 본 건 아냐. 이런 곳에 머물러 있는 걸 보면 뭔지 모르지만 엄청 몹쓸 짓을 한 게 아닌가 생각하기도 했어. 사람을 죽였을지도 모르지. 사기 쳐서 거금을 가로챘는지도 모르고. 내가 불 단속을 허술하게 해서 수십 명이 화상을 입었을지도 모르고. 근데, 그런 생각 하면 즐겁겠어?

마음이 얼마나 어두운지 아냐고."

　나는 다리를 꼬고 삐딱하게 앉아 원망스럽게 프라프라를 노려봤다.

　"먼저, 만약 내가 그 전생의 죄라는 걸 기억해 내서 고바야시 마코토의 몸과 이별하고, 다음엔 다른…… 가령 오모리 준이라든가 고야마 스스무로 다시 태어난다 해도, 그들이 고바야시 마코토보다 낫다는 보장은 없는 거잖아. 다음번에는 반드시 즐거운 인생이 기다리고 있다는 따위의 말은 믿을 수 없다고."

　"고이케 유코라든가 오가와 요코 같은 여자일 수도 있어." 하고 프라프라는 진지하게 덧붙였다.

　"반드시 남자로 다시 태어난다는 법은 없거든."

　"문제는 다시 태어나는 내가 변하더라도 환경이 달라지지 않는 경우야. 전생의 내게 일어난 고통스러운 일이 내세의 내게도 일어날 수 있는 거지. 고바야시 마코토에게 일어난 일이 오모리 준이나 고이케 유코에게도 일어날 수 있잖아."

　"결국, 조건은 모두 같다는 거지. 아무도 고통 없는 환경에서 태어난다는 보장은 없어."

　"홈스테이처럼. 성공이냐 실패냐는 뚜껑을 열어 볼 때까지 모르는 거네."

　나는 메마른 미소를 지었다.

"당신 보스는 막무가내야."

처음엔 단순한 반격이었지만 이야기를 하다 보니 정말로 슬퍼졌다.

낯선 가정에서 다시 태어나는 것이며, 그 세계에서 또 처음부터 타인과 관계를 쌓아 가야 하는 것에 대해 나는 생각한 것 이상으로 불안과 공포를 품고 있음을 깨달았다.

나는 도대체 전생에서 어떤 삶을 살았을까…….

언제부터인지 프라프라가 내 어깨에 손을 얹고 있었다. 돌아보고 피식 웃자, 프라프라도 피식 웃으며 다른 한쪽 손을 책상 위로 뻗었다. 그 손이 화투장을 집어 들었다.

"해 볼까, 7회전."

게임이라면 재도전도 간단하겠지.

4

11월 첫째 주 일요일.

나는 마코토의 촌스러운 머리를 자르고 앞머리를 왁스로
세웠다.

이튿날, 학교 복도에서 마주친 히로카에게 "마코토, 멋
져!"라고 칭찬 들었다. 고바야시 마코토가 되고 나서 가장
기쁜 순간이었다.

마코토의 예금에서 돈을 꺼내 유행하는 스니커즈를 사
신고 갔더니, 우리 반 남자애 하나가 "죽이는데! 얼마냐?"
하고 귓속말로 물어 왔다.

주위에 앉은 애들에게 "오늘 체육 수업, 어디서 하냐?"
"지우개 좀 빌려줘."라고 말을 걸어도 요즘엔 별로 놀라는
녀석이 없다.

변신의 수수께끼를 집요하게 추궁하는 사노 쇼코를 제외한 다른 애들은 내 버전의 고바야시 마코토에게 익숙해지기 시작했다.

그리다 만 그림도 조금씩이지만 순조롭게 진행 중. 이대로 가면 겨울 방학 전에는 마무리할 수도 있을 것이다.

프라프라는 내가 빈둥거린다고 했지만, 돌이켜 보면 나는 나 나름대로 찔끔찔끔 변화하고 있다. 다시 태어나기 위한 수행 따위에는 관심 없었지만 마코토로서 쾌적하게 살 궁리 정도는 하고 있었다.

"어때, 앞머리를 뾰족하게 세우니까 키도 좀 커 보이지?"

이렇게 우쭐거렸다가 "긴장 늦추지 마." 하고 프라프라에게 경고받았다.

"홈스테이는 자동차 운전과 같아. 익숙해졌다 싶을 때가 제일 위험해."

그 말이 옳았다.

나쁜 일이란 느닷없이 닥쳐오는 것 같지만, 사실은 보이지 않는 곳에서 매우 치밀하게 준비돼 있는 법이다.

고등학교는 안전한 데로 편하게 들어간다는 방침을 밝혔기 때문에 나는 입시에 대해서는 이미 까마득히 잊고 있었다. 당연히 다른 사람들도 잊고 있으리라 생각했다.

그래서 11월 중순의 어느 날 밤, 2주일 만에 저녁 식사를 함께한 아빠의 입에서 "될 수 있으면 사립 말고 공립 학교에 가지 않겠니."라는 말이 나왔을 때는 기습이라도 당한 듯이 놀랐다.

이제 와서 어쩌라고! 그렇게 외치고 싶을 정도로 급반전이었다.

"실은 말이다, 미쓰루가 의대에 가고 싶다고 해서……."

거실에 새로 들인 고타쓰(낮은 탁자 밑에 난로가 달려 있고 그 위로 이불을 덮어 발을 집어넣을 수 있도록 한 일본식 난방 기구-옮긴이)에 둘러앉아 있을 때 쭈뼛쭈뼛 말을 꺼낸 아빠는 난감한지 제대로 말을 잇지 못했다.

"미쓰루는 저렇게 아침부터 밤늦게까지 공부만 파고들고 있잖냐. 요즘엔 더 기를 쓰고 노력하고 있고. 네 엄마와 나도 어떻게든 미쓰루가 원하는 대로 해 주고 싶은데. 그런데 말이다, 의대는 국립이라도 학비가 터무니없이 비싸서 말이야. 거기다 네 사립 고등학교 학비까지 대는 건 솔직히 말해서 우리 집 형편으로는 좀……."

아빠가 말꼬리를 흐리자 옆에 있던 엄마가 거들었다.

"아빠 회사는 지금 재정비로 힘든 시기잖아. 윗사람들이 다 바뀌는 통에 아직도 혼란한 상태고, 게다가 거래처의 신용도 회복되지 않았어. 아빠가 승진은 했지만 올해는 보너스도 안 나올지 몰라. 앞으로도 어떻게 될지 알 수 없고. 그러니까……."

그런 이야기가 장황하게 이어졌다.

"아, 물론 공립에 합격되면 좋겠다는 거고, 떨어지면 어쩔 수 없지 뭐."

"그냥, 도전만이라도 해 보지 않겠냐? 네가 할 수 있는 만큼 하면 그다음은 우리가 어떻게든 해 보마. 아빠는 네가 뭔가에 도전하는 모습을 보고 싶어."

이런, 또 도전이야?

입을 맞춘 듯 부드러운 목소리로 말하는 두 사람에게 나는 전혀 관심 없는 듯이 눈을 돌렸다.

도전. 도전. 이 말은 왜 이리 나를 무기력하게 만들까.

"그렇다면 뭐, 생각해 볼게."

그 말만 남기고 나는 냉큼 방으로 돌아왔다.

공립이라…….

침대에 누워 상아색 천장을 쳐다보며 당장 생각해 봤다.

의대라는 분명한 목표가 있는 미쓰루와 달리 나는 꼭 사립에 가고 싶은 것도 아니고, 그러니 형편이 안 되면 공립도 별수 없다고 생각했다. 다만 문제는 나의 홈스테이가 도대체 언제까지 계속되느냐는 것이었다. 실컷 열심히 공부해 놓고 고교 입시도 보기 전에 마코토의 몸과 안녕. 그런 헛수고가 될까 봐 걱정이 됐다.

"마코토, 들어간다."

걱정하는 내 귀에 엄마 목소리가 들렸다.

내 대답도 기다리지 않고 찰칵 문을 열고 멋대로 들어온다.

"갑자기 그런 얘기 해서 미안하다."

놀라서 이불 속으로 들어간 내 발 근처에서 엄마의 기척이 멈췄다.

"하지만 우리도 많이 생각하고 얘기한 거야. 아빠하고도 여러 번 얘기했고, 담임 선생님의 의견도 들어 보고……."

"담임?"

여기서 왜 담임이 나와?

"되도록 신중하자고 생각했어. 이 일이 다시 너를 괴롭히거나, 궁지에 몰아넣을 가능성에 대해서도 말이야."

엄마의 긴장된 목소리에 나는, 그렇구나, 하고 납득했다. 마코토는 이제 막 죽음의 늪에서 살아 돌아왔고, 가족들은 자살의 원인을 모른다. 어쩌면 입시 고민이 원인이었을 수도 있으니 두렵기도 할 것이다.

"엄마는 말이야, 네가 아무리 고민이 컸다 해도 그게 공부 문제는 아니라고 생각했어."

엄마가 목소리를 누그러뜨리고 말했다.

"넌 어려서부터 성적 같은 건 전혀 신경 쓰지 않는 아이였으니까. 시험 점수가 좋든 나쁘든 그런 건 관심 없었고, 반에서 몇 등을 하든 신경 쓴 적도 없었거든. 원래부터 순위 다투는 것을 싫어했어. 운동회 때도 그랬지. 경쟁에서 이기든 지든 너는 늘 약간 쓸쓸해 보였어. 이겼다고 좋아하던 건

카드놀이 정도였지. 그런 너였기에 공부 문제로 고민하지는 않을 거라고 생각한 거야. 물론 백 퍼센트 아니라고 장담할 순 없지만, 입시 스트레스가 심한 건 대개 기대치가 높은 학생들이라고 담임 선생님도 말씀하셨고."

엄마의 이야기를 듣고 있자니 내 안에서 마코토에 대해 아련히 친근감이 느껴졌다.

어쩌면 마코토도 도전이라는 말을 싫어한 녀석이었을지도 모른다.

땀이나 눈물, 승리, 어찌 되든 상관없는 시합에 억지로 끌려 나가는 것……. 이런 것들이 분명 싫었을 것이다.

"됐어. 공립 시험 볼게. 입시 때문에 자살하려고 했던 거 아니라고."

나는 이불을 박차고 일어났다.

"혹시 원인을 알고 싶으면, 나중에 가슴에 물어보든가."

엄마 얼굴을 보면, 왜일까, 꼭 쓸데없는 말을 내뱉고 만다.

"무슨 말이니?"

엄마의 표정이 흐려졌다.

"그러니까 직접 가슴에 물어보라고."

"말해 주지 않으면 모르지."

"알 때까지 생각해 보지 그래."

"생각했어. 머리가 돌아 버릴 정도로!"

카펫에 뻗어 있는 엄마의 그림자가 별안간 구불텅 휘었다.

"마코토, 제발 말해 줘. 혼자서 담아 두고 괴로워하지 말고. 아빠는 네가 먼저 마음을 열 때까지 기다리자는데 엄마는 더 기다릴 수가 없어. 부탁이야. 무슨 일이 있었는지, 뭐가 그토록 힘들었는지 말해 줘. 대체 죽고 싶을 정도로 힘든, 무슨 일이 있었던 거니? 너한테 무슨 일이 있었어? 이대로 가다간 나까지 미쳐 버릴 것 같단 말이야!"

히스테릭하게 말을 쏟아 내는 엄마의 까칠한 얼굴, 눈 아래 검푸른 다크서클. 피해자 행세하고 있네, 하고 생각한 순간 불끈하며 무언가 치밀어 올랐다.

"그럼, 말해 주지."

그만!

머릿속에서 프라프라의 성난 목소리가 울렸지만 나는 스스로를 제어할 수 없었다.

"플라멩코 선생은 잘 있나?"

엄마의 얼굴을 올려다보고 이죽이죽 웃어 보였다.

그 순간, 서리가 내린 듯이 엄마의 표정이 얼어붙는 게 보였다. 눈썹이, 뺨이, 입술이, 모든 것이 움직임을 잃어 가고, 오직 눈동자만이 쉬지 않고 불안하게 허둥댔다. 찔리는 데가 있는 사람의 반응이다.

역시, 그래. 나는 벌떡 일어나 엄마 옆을 지나 옷장으로 향했다. 마코토의 저금을 털어 산 검정 파카를 입고 한 손에 지갑을 들고 현관으로 향했다.

방을 나오기 전에 돌아보니, 엄마는 그 자리에 쓰러진 채 어깨를 들썩이며 울고 있었다.

밖에는 비가 오고 있었다. 볼에 차가운 물방울이 닿자 오싹 한기가 들었다. 아침부터 감기 기운으로 미열이 있었던 게 떠올랐지만 나는 우산을 들고 그대로 계속 걸었다.

달도 별도 없는 11월의 밤은 누구네 보스가 만든 실패작인지 아주 멍청이 같았다.

"멍청이는 바로 너다."

별안간 목소리가 들리더니 바로 옆에 프라프라가 나타났다. 수수한 레인코트와는 어울리지 않게 나풀나풀한 흰색 양산 같은 걸 쓰고 있다.

이것도 천사 취향인가…….

"보급품이야. 내 센스가 아니고."

프라프라는 무뚝뚝한 표정으로 나를 노려봤다.

"그보다, 어쩌려고? 마코토 가정을 파괴할 셈이야?"

"마코토가 말 못 하고 죽어서 대신 말해 줬을 뿐이야."

나도 지지 않고 되받았다. 이런저런 일에 진심으로 진절머리가 났다.

"알면 알수록 마코토는 손해만 본 녀석이었어. 내성적이고 얌전해서 아무한테도 말하지 못하고 결국 그대로 죽어버렸지. 하지만 난 달라. 어차피 나는 전생에서 살인인지,

강도짓인지, 아무튼 몹쓸 짓만 해 왔을 텐데 이제 와서 망설일 게 뭐가 있겠냐고. 마코토가 못 한 거, 내가 다 해 주겠어."

"이야, 대단하군. 정의의 사도가 따로 없네."

휘휘 휘파람을 불면서도 나를 뚫어져라 바라보는 프라프라의 눈빛은 엄했다.

"그럼, 그게 정말로 마코토를 위해서야? 사실은 전부 다 너 자신을 위해서 그런 거 아냐? 너 말이야, 마코토가 너무 보잘것없고, 집도 마음에 안 들고, 또 이것저것 뜻대로 잘 안 되는데 입학시험까지 치를 처지가 되니까 짜증나지? 그걸 애먼 어머니한테 화풀이해 놓고선, 마코토를 위해서라고?"

"닥쳐!"

나는 땅바닥에 우산을 홱 내동댕이치고 걸음을 재촉했다.

프라프라는 우산을 주워 들고 쫓아왔다.

"야, 기다려. 내 말은, 그렇게 단정 짓지 말라는 거야. 남들이 말하는 내성적이고 얌전한 마코토라는 인물이 진짜 마코토라고 할 순 없어. 혹시 주위 사람들이 멋대로 생각하고, 그런 이미지로 마코토를 꽁꽁 묶어 놨는지도 모르잖아. 마찬가지로 너도 전생에서 흉악범이었다느니, 뭐 너무 그런 식으로 스스로를 단정 짓지 않는 게 좋아. 전생의 죄에는 여러 가지 종류가 있으니까."

아까부터 머리가 아프고 무겁다. 프라프라의 말도 횡설수설, 무슨 소리인지 통 모르겠다. 나는 묵묵히 계속 걸었다.

"야, 어디 가!"

"뭔 상관."

"갈 데도 없으면서."

"내버려 둬!"

"집으로 가."

"당신이나 위로 돌아가."

"나는 가이드로서 책임이 있다고."

"그럼 안내해 보시지."

나는 걸음을 멈췄다.

"구와바라 히로카가 있는 곳으로 안내해."

그 근사한 생각이 떠오른 순간, 참 간사하게도 두통이 거짓말처럼 사라졌다.

"프라프라, 부탁이야. 나 지금 그 얼굴이 미치게 보고 싶고, 그 목소리가 듣고 싶어. 옷 갈아입는 거 보여 달라는 말은 안 할게."

떼쓰는 나를 앞에 두고 프라프라는 떨떠름한 얼굴로 생각에 잠겼다.

"안내하는 거야 어렵지 않은데."

이윽고 프라프라는 동정하는 눈빛으로 이렇게 말했다.

"하지만 지금은 포기해. 오늘 밤에 그 애를 만나면 적잖이 상처받을걸."

"상처?"

"고바야시 마코토가 받은 것과 같은 종류의."

"그래?"

그렇구나…….

프라프라의 말뜻을 이해한 순간, 밤공기가 5도쯤 더 차가워진 기분이 들었다. 얼음 손으로 심장을 꽉 잡힌 듯한 괴로움. 마코토를 결박했던 운명으로부터 나는 절대 도망치지 못할지도 모른다. 하지만, 그래도…….

"그래도 난 마코토하고는 달라."

나는 크게 심호흡을 하고 말했다.

"난 마코토만큼 나약하지 않아."

하얀색과 검정색 우산 밑 프라프라의 낯빛이 잿빛으로 흐려졌다.

나는 그 손에서 내 검정 우산을 뺏어 들고는, "가자고." 하고 앞서 걷기 시작했다.

아무리 상처를 받더라도 진심으로 구와바라 히로카에 대해 더 알고 싶었다.

5

　근처 버스 정류장에서 버스를 타고 20분. 종점에서 도보
로 10분. 외설스러운 네온사인이 즐비한 뒷골목 한 모퉁이
에 '룰라바이'라는 작은 카페가 있다. 거기에 구와바라 히
로카가 있다는 프라프라의 말을 듣고, 나는 골목을 뒤지는
중이다.

　의외로 금세 찾았다.

　오후 아홉 시 넘어서 내가 '룰라바이'의 간판을 발견했
을 때, 히로카는 마침 카페에서 나오고 있었다. 보랏빛 유리
로 된 자동문 안쪽에 파르스름한 그림자가 어리더니 문이
열리고 어른스러운 진초록 재킷을 걸친 히로카의 모습이
나타났다. 등 뒤에는 40대로도 50대로도 보이는 중년 남성
이 있었다. 겉보기에는 극히 평범한 샐러리맨처럼 말쑥한

양복 차림이었다. 처진 눈꼬리가 히로카와 닮았다. 역시 아버지일지 모른다.

이 와중에 아직도 그런 생각을 하는 내게 결정타를 날리듯 두 사람은 그대로 뒷골목으로 들어가 더 구리고 불온한 구역으로 향했다.

나는 우산으로 얼굴을 가리고 두 사람을 미행했다. 그렇다, 자살 며칠 전 마코토가 이렇게 두 사람의 뒤를 밟았던 것처럼. 그리고 그날 밤처럼 두 사람은 한 러브호텔 앞에서 걸음을 멈췄다.

언뜻 평범한 호텔처럼 보이기도 하는 흰색 유럽풍 건물.

남자는 아주 건강해 보였고, 뭐랄까, 의욕이 왕성해 보이는 게, 유감스럽게도 건강 상태가 나쁜 아버지 같지는 않았다. 그는 히로카의 어깨를 끌어안고 스스럼없이 호텔 출입구로 데리고 들어갔다.

나는 마코토처럼 멍청히 서 있고 싶지는 않았기 때문에 단단히 마음먹고 발걸음을 내디뎠다. 남자가 먼저 안으로 들어가고, 히로카가 우산을 접고 있었다. 그 잠깐 사이에 돌진하여 히로카를 낚아챘다.

"뛰어!"

히로카의 손목을 잡고는 이렇게 소리치며 다짜고짜 뛰기 시작했다. 우산은 내팽개치고, 앞뒤 생각하지 않고 있는 힘껏 건전한 구역을 향해 뛰었다. 처음에는 비명을 지르며 저항하던 히로카도 도중에 납치범이 나라는 걸 알자 태평하게 "웬일이니, 마코토." 하고는 얌전해졌다.

불온한 구역을 벗어나고 뒷골목을 지나 드디어 밝은 번화가로 나왔다. 나는 24시간 영업하는 도넛 가게를 발견하고 히로카를 안으로 밀어 넣었다.

"히로카는 코코넛 도넛 먹을래."

"아무거나 빨리 주문해!"

쟁반을 들고 서둘러 2층 자리로 가자 어중간한 시간대라서 그런지 손님은 거의 없었다. 눈에 잘 띄지 않는 구석진 자리에 앉고 나서야 나는 한숨 돌렸다.

"후유."

나도 모르게 테이블에 엎드렸다. 아직도 숨이 찼고, 심장은 두근거리고, 왁스를 발라 세운 앞머리는 비에 젖어 이마에 착 달라붙었다.

"웬일이니, 꼭 갓파(일본 각지의 강, 호수, 바다 등에 사는 요괴의 일종 – 옮긴이) 같아."

재미있다는 듯이 깩깩 소리 지르는 히로카는 똑같이 물에 빠진 생쥐 꼴인데도 마치 인어 공주 같았다. 그러나 지금은 넋 놓고 보고 있을 때가 아니다.

"아우, 어떻게 된 거냐."

흥분이 가라앉지 않은 채 나는 히로카에게 따지고 들었다.

"그 꼰대, 뭐냐고!"

냉정히 생각하면, 물어보고 말 것도 없이 대답은 뻔히 알고 있을 터였다. 하지만 나는 현실을 외면한 채, 아버지라고 하든 뭐라고 하든 히로카가 부정해 주기만을 바랐다.

히로카는 젖은 머리카락을 만지작거리면서 미소 지었다.

"히로카 애인이야."

태연하게 말하고는 코코넛 도넛을 집어 든다.

"얼마 전에 길에서 스카우트됐어. 애인이 되어 주지 않겠습니까, 그러잖아. 그래서 돈이랑 여러 가지 흥정하고, 그렇게 된 거야."

"도온?"

쓰러질 듯한 몸을 테이블에 의지한 채로, 나는 글자 그대로 머리를 감싸 쥐었다.

그러니까 내가 뭐랬어…… 하는 프라프라의 한숨 소리가 들리는 것 같았다.

진초록 재킷 안에는 몸에 착 달라붙는 검정 니트 원피스를 입고 있었다. 깊게 파인 가슴에는 금목걸이가 빛났고, 발에는 끈으로 묶는 검정색 부츠를 신고 있었다. 2만 8천 엔이나 되는 돈을 털어 산 내 스니커즈가 빛바래 보일 만큼 오늘 밤의 히로카는 세련되고 화려한 분위기를 자아냈다. 몸에 걸친 것 하나하나가 그 꼰대의 미끼라고 생각하자 그것들을 다 벗겨서 창밖으로 내던지고 싶었다.

얼굴에는 화장까지 했다. 눈썹은 깔끔하게 정돈돼 있고, 졸린 듯한 외까풀 눈두덩에는 펄이 들어간 아이섀도를 발랐다. 연분홍 립스틱을 바른 입술은 도톰하게 보이는 만큼 평소보다 훨씬 더 섹시했다.

이 입술로, 이 눈동자로, 이 어린 몸으로 중년 꼰대에게서 돈을 벌고 있다니, 거짓말이지?

"히로카가 갖고 싶은 건, 다 비싼 걸 어떡해."

한동안 몸을 가누지 못하는 내 앞에서 히로카는 코코넛 도넛 하나를 먹어 치웠다. 그러고는 변명이라기보다는 오히려 나를 타이르듯이 떠들어 대기 시작했다.

"예쁜 옷이나 가방이나 반지나, 히로카가 갖고 싶은 건 다 굉장히 비싸. 용돈을 모아 사려면 1년이 지나도 못 살 정도로 비싸단 말이야. 정말이지 왜 이렇게 비쌀까 고민될 정도로 비싸다니까. 그치만, 히로카가 세 번 정도 섹스하면 살 수 있어. 헤헤헤."

손가락에 묻은 코코넛을 빨아 먹으면서 웃고 있는 이 철부지 창부에게 대체 무슨 말을 할 수 있단 말인가.

"왜 그래, 마코토. 왜 그렇게 멍하게 있는 거야?"

남의 마음도 모르고 천진난만하게 웃는 히로카에게, "잘은 모르겠지만 말이야." 하고 나는 나직이 중얼거렸다.

"그런 거 싫지 않아?"

"그런 거라니?"

"그러니까 그, 그런 꼰대랑…….'

섹스라니!

나는 상상하기도 싫은데 히로카는 활짝 웃는 얼굴로 고개를 저었다.

"아니. 처음엔 좀 싫었는데 이젠 익숙해졌다고 해야 하나, 잘 맞는다고 해야 하나, 그래. 지금은 히로카, 섹스 좋아하고, 그리고 그 사람도 꽤 좋은 사람이니까 뽑기 성공이야."

"뽑기?"

"꽝도 있거든. 친구들 얘기 들어 보면 히로카의 그 사람은 꽤 성공이야. 돈도 팍팍 잘 쓰고, 그거 할 때도…….'

"그만!"

나도 모르게 목소리가 거칠어졌다.

"됐어, 그런 얘긴."

듣고 싶지 않았다.

나는 마음을 진정시키려고 식어 버린 코코아를 입으로 가져갔다. 이 세상 것이 아니라고 여겨질 만큼 달고, 끔찍한 맛이었다. 세상에는 뭐든 꽝이 있나 보다. 마코토의 첫사랑 역시 아무래도 엄청 꽝인 것 같은데, 그럼에도 히로카를 싫어할 수가 없다.

"히로카."

나는 마음을 추스르고 말했다.

"예쁜 옷이나 반지 같은 게, 그렇게 갖고 싶어?"

"응, 갖고 싶어. 그리고 히로카, 다른 건 별로 갖고 싶은 게 없어."

"그런 꼰대랑 자면서까지 갖고 싶어?"

"갖고 싶어."

"어른이 될 때까지 기다릴 수 없어? 더 건전하게 돈 벌 수 있을 때까지 말이야."

"히로카, 못 기다려."

어떻게 기다려, 하고 히로카는 처음으로 가시 돋친 목소리로 말했다.

"그럼 마코토는 말이야, 그 비싸 보이는 스니커즈, 어른이 될 때까지 안 사고 기다릴 수 있어?"

나는 뜨끔해서 발밑을 봤다. 화려한 연두색 줄이 들어간 파란 스니커즈. 인기가 하늘을 찌르는 메이커의 마크가 빛났다.

"서른이나 마흔이 돼도 그런 거, 신고 싶을 거 같아?"

"아……."

아니, 전혀.

"히로카도 그래. 예쁜 옷도 가방도 반지도, 히로카는 지금 갖고 싶어. 어른이 되면 가져야지, 하고 생각해 본 적 없어. 어차피 히로카의 몸은 아줌마 되면 그땐 이미 가치 없을 거고, 가치 없어지고 나서 예쁜 거 사 봐야 아무 소용도 없거든. 앞치마나 아줌마 옷 같은 게 어울릴 나이가 되면 히로카는 얌전히 앞치마랑 아줌마 옷 입을 거야."

도전적으로 턱을 들이대고 히로카는 거침없는 말투로 당당하게 내뱉었다.

지금이기에 가치 있는 몸으로, 지금의 자신에게 가치 있는 것을 손에 넣는다. 그러면 안 된다는 생각은 꿈에도 하지 않는 것 같았다.

"하지만 지금은 늘 멋진 옷을 입고, 멋진 기분으로 살고 싶거든. 이 옷도 그 사람이 선물해 준 건데, 멋지지? 검정은 히로카가 좋아하는 색이야. 히로카는 좋아하는 옷을 입으면 몇 시간이고 계속 행복해서, 세계 모든 인류를 사랑할 수 있을 것 같은 기분이 들어."

자신만만하게 검정으로 휘감고 있는 히로카를 나는 왠지 똑바로 보는 게 괴로웠다. 피부가 흰 히로카에게는 검정이 잘 어울리긴 했다. 하지만 말이야, 히로카. 그 꼰대가 너에게 그 옷을 사 준 건, 그걸 입히려는 것만이 아니라 벗기려는 목적도 있는 거야.

"마코토, 슬퍼?"

갑자기 히로카가 목소리를 낮췄다.

"왜?"

"가끔, 히로카랑 얘기하면 슬퍼진다는 사람이 있어."

"응……."

그 기분, 잘 알 것 같았다.

"그런 말 들으면 히로카도 슬퍼져."

"슬프지는 않아." 하고 나는 거짓말을 했다.

"단지, 화가 날 뿐이지."

"화나?"

"내가 돈이 많으면 지금 너를 독차지할 텐데."

얼떨결에 내뱉었다. 내뱉자마자 얼굴이 빨개졌다. 그럼 나도 그 색골 꼰대와 다를 게 없잖아!

히로카는 진지하게 말했다.

"히로카, 해도 돼."

"뭣!"

해도 된다고!?

"마코토라면 괜찮아."

"헛!"

진짜냐!!

히로카는 나를 하늘로 띄워 줬다가 결국은 땅으로 떨어뜨렸다.

"응, 마코토라면 히로카 2만 엔 정도면 돼."

나는 귀를 의심했다. 그리고 달콤한 기대를 품은 나 자신을 저주했다. 비에 젖은 앞머리처럼 설렘이 사그라져도 성욕만은 전혀 사그라지지 않는 것이 서글펐다.

"너랑 자고 싶어."

도톰하고 사랑스러운 입술. 그 반짝거리는 핑크빛에 미련이 남았지만 나는 말했다.

"하지만 안 잘 거야."

"왜?"

"그런 꼰대랑 같은 부류가 되고 싶지 않거든."

잠시 침묵이 흐르고, 히로카는 어깨를 움츠리고 "알았어." 하고 웃었다. 히로카에게는 어색한 표정이었다.

"그럼 히로카, 갈게."

"어디로?"

"그 사람한테. 아까부터 계속 휴대폰이 부르르 떨고 있어."

무릎에 놓았던 휴대 전화를 들어 보인다.

"가겠다고?"

나도 모르게 목소리가 거칠어졌다.

히로카는 나를 달래듯 말했다.

"마코토가 히로카를 잡아끌고 도망쳤을 때, 히로카 너무 재미있었어. 드라마 같아서 즐거웠어."

"그럼, 가지 마."

"그치만 그 사람이 불쌍하잖아. 히로카한테 돈 주고, 그거 할 생각으로 꽉 차 있었는데."

"말도 안 돼……."

"그리고, 계약은 지켜야지."

비싸 보이는 핸드백을 어깨에 메고, 히로카는 벌떡 일어섰다. "마코토, 그럼 또 봐." 하고 스르르 몸을 돌렸다.

"히로카!"

쫓아가야 한다고 생각했다. 어서 히로카를 쫓아가서, 무슨 멋진 말을 해서 다시 데리고 와야 한다. 어서, 어서…….

그런데 마음속으로만 애가 닳을 뿐 정작 다리는 움직이지 않았고, 그렇게 우물쭈물하는 사이에 히로카는 점점 멀어져 갔다. 이윽고 히로카와 엇갈려 들어온 커플이 옆자리에 앉았다. 위엄 있어 보이는 남자와 투박하게 생긴 여자, 중량급 커플. 둘 다 저녁을 먹지 않았는지 말없이 도넛을 먹어 치웠다. 계피 도넛. 초콜릿 크림. 프렌치 크럴러. 잼 도넛. 치즈 머핀. 히로카가 좋아하는 코코넛 도넛……. 이제 틀렸다. 늦었다. 히로카는 나의 시야에서 완전히 사라졌다.

그렇게 생각한 순간, 나는 비겁하게도 마음속으로 안심이 됐다.

6

재수 없는 날은 완전히, 끝까지 재수 없게 마련이다.

두통은 그 후로 더 악화됐고, 불안한 걸음걸이로 휘청휘청 도넛 가게를 나오자 빗발이 아까보다 네 배쯤 더 굵어져 있었다. 더구나 우산은 히로카를 낚아챌 때 내던지고 왔다.

할 수 없지. 나는 파카에 달린 모자를 푹 뒤집어쓰고, 추위가 뼛속까지 파고드는 밤거리를 걷기 시작했다.

비에 젖은 아스팔트 바닥에 네온사인의 붉은 불빛이 번져, 마치 거리 전체가 적포도주에 잠긴 듯 문란하게 느껴졌다.

포도주의 강을 헤엄치는 사람의 무리.

유난히 눈에 띄는 우산 속 커플.

길모퉁이마다 서서 티슈를 나눠 주는 알바생들.

호객꾼이 외치는 소리에, 비와 바람과 전철 소리.

힘이 없을 때는 주정뱅이의 웃음소리마저 피하게 마련이어서 내 발길은 자연스레 사람이 없는 쪽으로, 인적이 드문 쪽으로 향했다. 좁은 골목길을 지나고 육교를 건너 역에서 꽤 멀리 떨어진 자그마한 공원 앞에 다다랐다.

그네와 미끄럼틀과 모래밭뿐인, 언뜻 보기엔 버려진 공원 같았다. 그러나 나는 이미 찬밥 더운밥 가릴 수 없을 정도로 휘청거렸기 때문에 망설임 없이 붉게 녹슨 벤치에 앉았다.

몸이 심하게 떨리기 시작한 건 그 직후였다. 잠시 긴장을 늦춘 틈에 두통과 오한과 구토가 일제히 덮쳐 왔다. 내리 퍼붓는 빗속에서 금방이라도 무너져 내릴 것 같은 몸을 안간힘을 쓰며 지탱하면서, 내가 여기서 뭐 하고 있는가, 하고 생각했다. 마음만 먹었다면 지금쯤 따뜻한 침대에서 히로카와 단둘이…… 그럴 수도 있었을 텐데, 하고 생각하자 울고 싶어졌다. 그리고 내가 그럴 마음이 없었기 때문에 지금쯤 따뜻한 침대에서 히로카와 중년 남자 단둘이…… 하고 상상하자 정말로 눈물이 나왔다.

"넌 고바야시 마코토만큼 약하지 않다고 하지 않았던가?"

별안간 머리 위에서 비가 그쳤다. 올려다보니, 언제 왔는지 프라프라의 우산으로 시야가 하얗게 물들었다.

"마코토는 둘을 미행하는 데 그쳤어. 난 좀 더 나갔으니까 내 상처가 더 깊다고."

내가 망연히 되받아치자 프라프라는 간드러지는 목소리로 물었다.

"후회하는 거야? 구와바라 히로카를 사지 않은 걸?"

"당연하잖아. 해, 후회. 처음부터 이럴 줄 알았다고."

"하지만 돈으로 그 애랑 잤다면 나중에 더 후회했을걸."

"그것도 알고 있어."

"현명해, 소년."

프라프라는 이를 드러내고 히죽 웃었다.

"그만하면 잘했어. 일단 유혹은 물리친 거야."

"고마워."

나도 이를 드러내고 히죽 웃었다.

"근데, 그건 상당히 주제넘은 참견이야. 말해 두지만, 난 딱히 현명하게 살고 싶은 건 아냐. 이기고 싶은 게 아니라고. 그러니까, 칭찬 듣고 싶지 않아."

다시 목덜미에 오한이 들었다. 나는 두 손으로 몸을 끌어안고 웅크렸다.

"문제는 내가 어렵사리 이 손으로 히로카를 낚아채 도망쳤는데, 결국 어디로도 데려가지 못했다는 거라고. 히로카랑 자지 않았던 것도, 히로카를 뒤쫓아 가지 않았던 것도 사실은 내가 현명해서가 아니라 겁쟁이였기 때문이야."

갈라진 목소리를 쥐어짜 내자 프라프라는 내 등을 쓸어
주면서 위로했다.

"그 현명함과 겁쟁이 같은 면이 너를 구한 거야. 너는 아
직 열여섯 살이고, 누군가를 구하겠다고 생각하는 건 너무
일러. 저쪽으로 가려는 사람을 이쪽으로 가도록 하는 건, 우
리 보스도 힘들어."

"당신도 못 해? 지금 당장 히로카를 집으로 데려다주지
못하냐고."

"미안하지만, 나는 천사지 초능력자가 아냐."

"어? 그럼 초능력자가 천사보다 대단해?"

"그건 잘 모르겠지만······."

중얼중얼, 프라프라는 애매하게 말꼬리를 흐렸다.

"어쨌거나 내 임무는 가이드니까, 안내는 하지만 운송까
지는 책임지지 않는다는 거지. 이를테면 지금, 고열이 나고
길 잃은 너에게 나는 집에 가는 길을 가르쳐 줄 수는 있어.
하지만 서서 걷는 건 네가 스스로 해야 할 일이라는 거야."

고열이라는 말을 들은 순간, 갑자기 몸에 열이 펄펄 나는
것처럼 더 고통스러워졌다. 마코토의 집까지 걸어갈 만한
기력도 없었지만, 설령 있다 해도 난 돌아갈 수 없었다. 나
올 때 들었던 엄마의 오열이 아직도 귓가에 맴돌았다. 돌아
갈 수 없었다.

"하나 물어봐도 돼?"

나는 천천히 프라프라를 올려다봤다.

"이 재도전이란 거, 포기할 수 없어?"

"겨우 한 달 반 만에 포기라……."

프라프라는 한숨을 내쉬고 고개를 저었다.

"생각해 봐. 처음에 네가 재도전을 사양하겠다고 했을 때도 허락되지 않았어. 물론 포기도 마찬가지야. 추첨의 힘은 절대적이야."

"그럼, 내가 이대로 의욕 없이 살면서 끝까지 전생의 죄를 기억해 내지 못하면, 영원히 고바야시 마코토로 살아야 한단 말이야?"

"일단 기한은 있지. 대략적인 기준은 1년이다."

"대략적이라는 건 또 뭐야?"

"케이스 바이 케이스라는 말. 세상에는 느린 사람도 있고 빠른 사람도 있으니까."

"순 엉터리군."

"그야, 우리 천사 업계도 이 인간계처럼 최종 결산은 보스가 하니까."

"과연." 하고 나는 이상하게도 납득이 갔다.

"그럼, 그 기한이 지나면 나는 어떻게 되는 거지?"

프라프라의 얼굴에 긴장의 빛이 감돌았다.

"시간 초과로 재도전에 실패. 영원히 윤회 사이클로 돌아오지 못하게 돼. 다시 말해, 두 번 다시 태어날 수 없다는 거지."

"그럼 내 영혼은 어떻게 돼?"

"네 영혼은 고바야시 마코토의 몸에서 빠져나와 소멸해."

"소멸."

"그래, 슈욱."

"슈욱."

나는 탄산음료 거품처럼 사라지는 보잘것없는 영혼을 상상해 봤다.

귀찮은 일도, 내키지 않는 일도, 어쩔 수 없는 일도, 깡그리 그 순간에 슈욱 사라져 버리겠지.

애달프지만 멋진 광경으로 여겨졌다.

"근데, 그렇다면." 하고 나는 전부터 궁금했던 것도 물었다.

"내 영혼이 빠져나가면 고바야시 마코토는 어떻게 돼?"

프라프라는 천연덕스럽게 말했다.

"너의 영혼이 소멸함과 동시에 고바야시 마코토의 육체도 영원히 잠들어. 그땐 정말로 심장이 멎는 거지. 원래 이미 죽었던 몸이야."

완전히 차가워진 마코토의 몸을 나는 복잡한 심정으로 이리저리 살펴보았다.

빌려 쓰고 있는 나까지 비참해질 정도로 변함없이 볼품

없는 몸이었다. 하지만 어차피 길지 않은 목숨이라고 생각하자 마코토가 불쌍해졌다.

좋은 일은 하나도 없었어.

이대로 죽어 버리는 거다…….

히로카. 엄마 문제. 아빠의 문제. 못된 형. 자라지 않는 키. 학교에서 느끼는 외로움. 그것들 중에 마코토를 막다른 곳으로 몰아넣은 게 무엇인지는 나도 모른다. 아마도 그 모든 것이 뒤얽혀서 하루하루 점점 무거워지고, 그 무거운 하루하루가 쌓이고 쌓여 더 무거워져서, 끝내 한 발짝도 움직일 수 없게 된 것일 게다.

이마에 떨어진 빗방울이 뺨을 타고 목덜미로 내려갔다. 그 아주 잠깐 동안 나는 처음으로 마코토를 위해 마음속으로 기도했다.

기도를 마치고 프라프라에게 돌아서서 말했다.

"질문 끝. 오늘은 이만 가이드 필요 없어. 어차피 집에는 안 갈 거니까. 가능하면 나를 혼자 있게 해 주면 고맙겠는데."

빗발도 약해졌으니 오늘 밤에는 이대로 노숙이라도 할 셈이었다.

"이 날씨에, 이런 데서 노숙? 제정신이야?"

프라프라는 정색하고 반대했지만 나는 듣지 않았다.

"저쪽으로 가려는 사람을 이쪽으로 가게 할 순 없다고,

아까 당신이 말했잖아."

오늘 밤의 나는, 철저히 될 대로 되라는 심정으로 자포자기해 버리고 싶었다.

결국 프라프라도 포기하고, 내게 자기 우산과 불길한 예언을 남기고 사라졌다.

"잘 들어. 넌 아직도 오늘이라는 하루를 만만하게 보고 있어. 재수 없는 날은 마지막 한순간까지 철저하게 재수 없게 마련이라고. 집에 안 들어갈 거면 최소한 이 공원에서 나가기라도 하는 게 좋을 거야."

하지만 나는 이미 몽롱한 상태였고, 더 이상 무슨 나쁜 일이 있을까 싶었다. 그래서 프라프라의 경고도 듣지 않고 그대로 벤치에 누워 거의 의식을 잃듯 바로 잠이 들고 말았다.

재수 없는 날은 마지막 한순간까지 철저히 재수 없다.

그 말뜻을 완벽하게 이해한 것은, 한밤중에 내가 우산 자루로 얻어맞는 듯한 두통으로 벌떡 일어났을 때였다.

같은 두통이라도 조금 전까지 무지근하게 아프던 것과는 전혀 종류가 달랐다. 아니, 차원이 달랐다. 두피가 쥐어뜯기는 듯한 격심한 고통. 어마어마한 통증이 두개골 안쪽이 아닌 바깥쪽에서 일었다. 뭐지, 이 강렬한 통증은…… 하고 실눈을 뜬 나는 실제로 내가 우산 손잡이로 얻어맞았다는 것을 알고 까무러치게 놀랐다.

가로등 하나 없는 깜깜한 공원.

어느새 비는 그치고, 대신 여러 개의 시선이 내 위로 쏟아져 내렸다.

여러 명의 검은 그림자가 나를 내려다보며 선 채 벤치를 에워싸고 있었다. 그중 하나가 내 파카 주머니에 손을 뻗어…… 아, 내 지갑!

흠칫 놀라 몸을 튼 순간 옆구리에 강력한 주먹이 날아왔다.

"으윽!"

정통으로 맞았다. 게다가 지갑도 빼앗겼다.

배를 움켜쥐고 신음하는데 또 누군가의 두툼한 손이 내 멱살을 꽉 잡고 흔들어 댔다. 철썩철썩, 이번에는 왕복 따귀를 맞았다. 뺨에서 불이 났다. 몽롱한 머리에 강력한 전류가 지나갔다. 아이 씨, 왜 이리 아픈 하루냐…….

정신이 들자 나는 바닥에 끌려 내려와 있었다. 진창길을 기는 나의 등에, 팔에, 다리에 잇따라 발길질이 들어왔다. 그때마다 나는 신음 소리를 내면서 추위에 곱은 손가락 끝을 움찔움찔 떨었다. 이윽고 누군가가 내 등에 올라탔다. 숨이 턱 막히는 걸 느낀 순간, 엄청난 힘으로 두 발목을 잡혔다. 발부리가 쭉쭉 잡아당겨지는가 싶더니 별안간 발이 공중에 뜬 것처럼 가벼워졌다. ……왜 이러지?

"아아아악!"

무슨 일이 일어났는지 깨달은 순간, 나는 제정신을 잃고 절규했다.

"스니커즈, 돌려줘!"

왜 그렇게 허둥거렸는지 나도 잘 모른다. 어디에 그런 힘이 남아 있었는지 모르겠다. 나는 벌떡 일어나 검은 그림자 무리에게 덤벼들었다.

"내 신발, 내놔. 내놓으라고!"

작은 몸으로 있는 힘껏 반격했다.

반응은 조롱 섞인 웃음소리뿐이었다. 가슴팍을 가볍게 쿡쿡 찔렸을 뿐인데 나는 맥없이 쓰러지고 말았다. 연속으로 턱을 퍽퍽 얻어맞고 손으로 만져 보니 손바닥에 미지근한 액체가 묻어났다.

"내놓으란 말이야!"

입안으로 퍼져 나가는 피 냄새가 왠지 반가웠다.

온몸이 흙투성이가 되면서도 나는 몇 번이고 일어나 들이받았고, 그때마다 조롱과 함께 바닥에 내동댕이쳐졌다.

"내놔, 스니커즈 내놔! 내 스니커즈! 내놔, 내놔!"

나는 짐승처럼 울부짖다가 한심하게도 끝내 울음을 터뜨리고 말았다.

마코토의 저금을 털어서 산 내 귀중품. 이것 때문에 마코토의 몸에 조금은 자신을 갖게 됐는데. 내 나름대로 생각을 쥐어짜 낸 건데. 세상에는 10만 엔, 20만 엔 하는 스니커즈도 있을 텐데, 하필 내 2만 8천 엔짜리를 빼앗아 갈 게 뭐냐고.

"치사하게!"

울부짖은 순간, 다시 머리에 우산 손잡이가 떨어졌다.

기우뚱 세계가 흔들리더니, 나는 그 흔들림 속으로 떨어지고 있었다.

"이봐!"

의식을 잃기 직전에 멀리서 소리가 났다.

"뭐 하는 짓이냐, 그만해!"

어디선가 들은 남자 목소리.

"경찰이 온다!"

다가오는 발소리에 도망치는 발소리. 나를 둘러쌌던 형체들의 기척이 사라지고 대신 누군가가 내 어깨를 흔들었다.

"야, 마코토! 괜찮아?"

그, 그렇구나. 미쓰루 목소리다…….

"스니커즈가…….'

어쨌든 이제 살았다는 안도감에 몸에서 힘이 쭉 빠지면서도 나는 여전히 집요하게 헐떡거렸다.

"스니커즈가, 내 스니커즈가, 스니커즈가…….'

흐릿한 의식 속에서 그렇게 되풀이하는데 목구멍 안쪽에서 울컥 올라오는 것이 있었다. 나는 몸을 일으킬 기력도 없어 차디찬 흙바닥에 입을 댄 채로 월떡월떡 토하기 시작했다. 미쓰루는 투덜거리면서 내 등을 쓸어 줬다.

속이 비자 급격히 한기가 들면서 이번에는 정말로 정신을 잃었다.

7

흔들리는 기차.

차창 밖의 흩날리는 눈.

울려 퍼지는 파도 소리.

히로카의 뽀얀 피부.

―금세 악몽이란 걸 알 수 있는 악몽을 꾸었다.

나는 히로카와 둘이서 밤 기차에 타고 있다. 아마도 둘이서 사랑의 도피를 하는지 "드라마 같아서 재미있어."하고 히로카는 기분 좋게 웃는다. 그러나 다정하게 꼭 붙어 앉아 있는 우리의 행복은 꿈이 아니고는 불가능하기에, 이내 맥없이 빼앗기고 만다.

기차가 종착역에 멈춘다. 그 중년 남자가 플랫폼에서 우리를 기다리고 있다. 순식간에 히로카의 태도가 돌변한다.

"히로카, 역시 이 사람이랑 가야 돼."

"대체 왜?"

"마코토는 맨발이잖아."

놀라 발을 내려다보니 정말로 맨발이다. 2만 8천 엔짜리 스니커즈가 없다.

아연실색하여 서 있는 나.

히로카를 데리고 사라지는 중년 남자.

으스스 추운 기차역 플랫폼.

선로 위로 쌓이는 눈.

그런데 갑자기 장면이 건너뛰어, 나는 어느새 돌아오는 밤 기차에 혼자 타고 있다. 다른 승객도 없는데 차장이 검표를 하러 다가온다.

"승차권 좀 보겠습니다."

내가 승차권을 보여 주자 차장은 고개를 가로젓는다.

"이건, 예전 고바야시 마코토의 승차권입니다. 현재 고바야시 마코토의 승차권을 보여 주십시오."

"다른가요?"

"다릅니다. 다른 사람은 다 몰라도 나는 알 수 있습니다."

자세히 보니 차장은 바로 사노 쇼코다.

나는 당황해서 일어선다. 차창 밖을 보니 마코토의 엄마가 플라멩코 강사와 플라멩코 춤을 추고 있다.

어디지, 여기는?

대체 뭐지, 이 세계는!?

나는 점점 더 당황한다. 이게 꿈이란 것쯤은 아는데, 그렇다면 현실은 어디에 있는지 모르겠다. 이 괴기한 세계에서 빠져나갈 출구가 보이지 않는다.

누군가 엔카(우리나라의 트로트와 비슷한 일본의 대중 음악 – 옮긴이)를 부르는 소리가 들려온 건 바로 그때였다.

나직이 속삭이는 듯한 남자의 노랫소리. 북쪽 지방의 구슬픈 엔카다. 누구야, 플라멩코에 맞춰 이런 노래를 부르는 게. 누구냐고…….

내가 눈을 뜨자, 거기엔 자신의 노랫소리에 취해 있는 마코토 아빠의 얼굴이 있었다.

꿈에서 깨어난 현실의 고바야시 집 안. 나는 마코토의 방 침대에 누워 있었다. 주위는 어둠침침했고 아빠는 침대에 걸터앉아 내 옆얼굴을 바라보고 있었다. 나와 눈이 마주치자마자, "엇." 하고 뒤로 몸을 젖히고는 민망했던지 도망치듯 방을 나갔다.

— 병상의 아들 머리맡에서 엔카를 부르는 아버지?

나는 순간적으로 아직도 초현실적 꿈속에 있는 기분이 들었지만, 잠시 후에 한 손에 약을 들고 다시 들어온 아빠를 보니 꿈은 아니었던 것 같다. 왜 엔카를 불렀는지 물어보고 싶었지만 목이 아파서 목소리가 나오지 않았다.

목만이 아니었다. 의식이 또렷해지면서 온몸이 욱신욱신

아프기 시작했다. 게다가 한기가 밀려와 오들오들 떨리기까지 했다.

나중에야 안 일이지만 나는 그날 밤, 미쓰루가 부른 경찰차로 근처 병원 응급실에 가서 상처를 치료하고 피가 난 머리를 정밀 검사 받고 난 뒤에, 데리러 온 부모님을 따라 집에 돌아왔다. 그 뒤로 의식 없이 20여 시간을 내리 잤고, 마침내 아버지의 엔카 소리에 깨어난 것이다. 하지만 여전히 열도 높고, 속도 메슥거려서 감기약을 먹어도 금세 토해 버렸다.

드문드문 이어지는 두통과 오한에 시달리면서 나는 이후로 닷새 동안, 거의 누워 지내는 신세가 됐다.

열은 좀처럼 떨어지지 않았다. 이틀째가 돼도 내 위는 여전히 감기약마저 받아들이지 못했고, 게다가 온몸의 상처가 곪아 뭉근히 아프기 시작했다. 군데군데 얻어맞은 얼굴도 말벌 떼가 휩쓸고 간 것처럼 부어올랐다.

그래도 사흘째가 되자 간신히 약이 목으로 넘어갔고, 그 덕분인지 감기는 조금 나아졌다. 속으로는 저항감을 느끼면서도 나는 엄마가 쑤어 온 죽도 먹을 수 있게 됐다. 결국, 막다른 길에선 이 여자의 신세를 질 수밖에 없다는 사실이 분했다. 나는 절대 눈을 마주치려고 하지 않았지만, 엄마는 마치 속죄라도 하려는 듯이 내 이마에 올려놓은 차가운 물수건을 계속 갈아 주었다.

공원에서 노숙하겠다는 나의 계획이 얼마나 무모했던가를 비로소 안 것도 이 사흘째 되는 날이었다.

그 근처는 원래 치안이 좋지 않기로 유명해서, 중고생 무리가 일으키는 공갈이나 폭행 사건이 끊이지 않는다는 것이다.

"그 정도는, 너도 알았지?"

밤에 계단에서 마주친 미쓰루가 내 멱살을 잡고 비틀어 올리면서 말했다.

"알면서도 그딴 델 갔다는 건, 일부러 당하려고? 그렇게나 죽고 싶은 거야, 너? 그럼 당장 죽어 버려. 너 같은 자식 없어지면 이 집도 좀 밝아질 거다. 단, 이번엔 실패하지 마라."

그렇게까지 말할 거 없잖아, 하고 생각했지만 미쓰루 덕분에 살아난 나로서는 대답할 말이 없었다. 그날 밤, 아무리 기다려도 오지 않는 내가 걱정된 엄마는 미쓰루에게 함께 찾아보자고 간절히 부탁한 모양이었다. 위험한 곳을 중심으로 찾아다닌 미쓰루에게 발견되지 않았다면 나는 훨씬 더 처참한 꼴이 되었을지도 모른다.

나흘째에는 열도 거의 떨어지고, 적은 양이지만 평소처럼 식사도 할 수 있게 됐다. 얼굴의 붓기는 많이 빠졌지만 대신 기분 나쁘게 퍼런 멍이 또렷해졌다.

그런 나의 부활을 기다리기라도 한 듯, 이날 오전에 경찰관 두 명이 그날 일에 관해 조사하기 위해 찾아왔다. 엄마가 그날 밤의 폭행으로 인한 피해 사실을 경찰에 신고했던 모양이다. 나는 생각나는 범위에서 폭행 상황에 대해 말했고, 경찰관들은 그것을 자세하게 받아 적었다. 범인들에 대해서는 거의 기억나지 않았기 때문에 조사에는 그다지 도움이 되지 않았을 것이다.

"중학생이 2만 8천 엔짜리 스니커즈라."

"이해할 수 없군."

경찰관들은 연신 고개를 갸우뚱하면서 돌아갔다.

저런 아저씨들은 이해하지 못하기 때문에 더욱 가치 있는 것이지만, 지금 돌이켜 보면 그날 밤 내가 왜 그렇게까지 스니커즈에 집착했는지 나 자신도 알 수가 없다.

닷새째에는 체력도 거의 회복되어, 일어서고 움직이는 것도 수월해졌다. 이쯤 되자 침대에 누워 있는 것이 고역이었다.

환자 생활에 신물이 난 내게 첫 문병객이 온 건, 이날 저녁 무렵이었다.

"마코토, 친구 왔다."

문밖에서 엄마 목소리가 들렸다.

동시에 "안녕!" 하는 소리와 함께 문이 벌컥 열렸다.

그리고 느닷없이 사노 쇼코가 얼굴을 내밀었을 때는 진심으로 소름 끼쳤다.

불쾌지수 백 퍼센트인 천적. 더구나 지금 나는 낡고 구깃구깃한 잠옷 차림에다 앞머리에 왁스도 바르지 않았고, 한동안 목욕도 하지 않아서 냄새가 날지도 모른다. 물론 쇼코와 말싸움할 기력도 없는, 굉장히 불리한 상태다.

"오랜만이네. 잘 지냈어?"

그렇게 실실 웃는 걸 보고도 도무지 웃으며 인사를 나눌 기분이 아니었다.

"괜찮지 않으니까 이러고 있지."

침대 등받이에 몸을 기댄 채로 나는 노골적으로 불쾌한 감정을 드러내며 쇼코를 맞이했다.

"올 거면 전화 정도는 하고 오든가."

쇼코는 "앗." 하고 눈을 크게 떴다.

"그래, 전화가 있었지."

"문명인이잖아."

"그래. 미안."

순순히 인정하고 나오자 내가 오히려 머쓱해졌다.

세일러복 위에 감색 더플코트 차림으로 문 앞에 어정쩡하게 서 있는 쇼코에게 나는 어쩔 수 없이 의자를 가리켰다.

"앉지 그러냐."

말하고는 금세 후회했다. "응." 하고 안심한 듯이 앉더니 쇼코는 별안간 여느 때의 기세로 돌아갔다. 다시 말해, 일주일밖에 살지 못하는 매미 같은 기세로 지껄여 대기 시작했다는 것이다.

"담임 선생님한테 들었어. 공원에서 폭행당했다고? 심하다, 야. 그 멍, 아파? 아프겠다. 음, 아프겠지. 되게 아프겠어!"

"으응."

"지갑도 뺏겼지? 분명 니시고등학교 애들일 거야. 요즘 그런 일이 많다니까. 경찰에 신고는 했고?"

"으응."

"신고해야 돼. 우리 아빠도 5만 엔이나 들어 있는 지갑을 잃어버렸거든. 근데 경찰서에 신고해서 찾았어! 3주 후에. 굉장하지."

"으응."

"그런 일도 있으니까, 포기하지 말고 꼭 신고하고, 끝까지 희망을……."

"그럼, 5만 엔은?"

"없어졌지."

"……."

"……."

"그만 가라."

내가 집에 가라고 하자 쇼코는 "안 돼." 하고 갑자기 몸을 느릿느릿 흔들어 대더니, 이렇게 말했다.

"얘기는 아직 시작도 안 했단 말이야."

"애기?"

보기 드물게 쇼코가 망설이며 고개를 숙였다.

어색한 침묵. 현기증이 날 것 같은 난방의 열기. 이윽고 쇼코가 엉거주춤 일어났다. 가려나 하고 안도한 것도 잠시, 그 애는 치마 주름을 펴고 고쳐 앉더니 천천히 말을 꺼냈다.

"네가 당했던 날 밤에, 친구가 역 근처에서 널 봤대."

나는 처음으로 쇼코의 얼굴을 똑바로 봤다.

"어디서?"

"큰길가에 있는 미시즈 도넛. 2학년 구와바라 히로카와 함께 있더라고."

"아…… 그거."

순간 뜨끔했지만 아무렴 어떠냐는 생각에 나는 태도를 바꾸었다.

"그래서?"

"응?"

"그게 뭐가 어때서?"

쇼코는 내게서 고개를 돌리고 말했다.

"그 친구 말로는 히로카 그 애, 질이 나쁜 애니까 네가 위험하대. 우리 학교 남학생 중에서도 히로카한테 있는 대로 공을 들였다가 돈 떨어지면 차인 애들이 꽤 있다나 봐."

"그게 어쨌다는 거야!"

"그래도!"

우린 동시에 소리쳤다.

"그래도 난 히로카 걔 꽤 좋아해. 설령 그게 사실이라도 왠지 싫지가 않아. 근데, 오늘은 그 얘기 하러 온 거 아니고."

나는 주저앉아 손으로 몸을 끌어안은 채로 이불에 이마를 푹 묻었다. 이제 끝이다. 자신이 없다. 알면 알수록 이해할 수 없는 히로카를 그래도 여전히 좋아할 수 있는지, 나도 이제 자신이 없다.

"너 말이야."

나는 쇼코에게 구원 요청이라도 하듯 말했다.

"좋다니, 히로카의 어디가 좋다는 거냐?"

"히로카 그 애, 미술실에 자주 오잖아."

쇼코는 침착하게 말했다.

"그 애가 오면, 교실이 확 환해지거든."

"그게 다야?"

"센스도 있는 것 같고. 그 애는 교실을 어슬렁어슬렁 다니면서 잘 그리는 그림만 보잖아. 예쁜 꽃에만 앉는 나비처럼 예쁜 캔버스만 봐. 네 캔버스에는 제일 오래 멈춰 있어."

평소와 달리 꿀을 머금은 듯한 목소리.

"마코토."

"왜."

"히로카를 좋아하니?"

"그렇다면 어쩔래?"

차갑게 대답하자 쇼코의 입술이 희미하게 떨렸다.

"생각해 보고, 또 생각해 보고……, 마침내 결론을 내렸어. 사실 그렇게 어려운 게 아니라 굉장히 단순한 것이었는지도 모른다고."

"뭐가."

"네가 변한 이유. 사랑을 하면 변한다고 하잖아. 어쩌면 너는 그런 이유였는지도 모른다고. 히로카에 대한 사랑이 너를 바꿔 놓았는지도 모른다고 생각했어. 그렇다면, 정말로 그렇다면 난 그만 포기하려고. 네가 다시 원래대로 돌아오지 않아도 깨끗이 포기할 마음으로, 오늘 그걸 확인하러 온 거야."

유리창으로 비쳐 드는 저녁 노을이 쇼코의 머리를 진한 주홍빛으로 물들였다.

나는 초조함을 넘어 쇼코가 불쌍해졌다. 끝까지 완벽하게 착각하고 있는 쇼코는 자신에게만 보이는 '전 고바야시 마코토'라는 망령에 씌어 있는 것도 같았다.

"그런데 말이야."

나는 슬그머니 일어나 침대에 걸터앉았다.

"그렇게까지 말하니까 나도 좀 묻겠는데, 내가 도대체 어떻게 변했는데? 네가 말하는 고바야시 마코토는 원래 어떤 녀석이었어?"

"내가 알고 있는 고바야시 마코토는 언제나 가장 깊은 곳을 응시했어."

쇼코는 꿈꾸듯 황홀하게 미소 지었다.

"소란한 교실에서도, 먼지 나는 운동장에서도, 어린애들처럼 떠들어 대는 남자애들 옆에서도, 고바야시 마코토만은 언제나 조용히 세상의 가장 깊은 곳을 바라보았어. 아무한테도 보이지 않는 것이 고바야시 마코토의 눈에만 비쳤던 거야. 마코토의 캔버스를 보고 난 단번에 알았어. 기억 안 나? 고바야시 마코토는 그런 남자애였어. 유치한 저질 남자애들하고는 전혀 다른 순수하고 투명한 남자애. 이 세상 슬픔을 혼자서 다 끌어안고 그 무게로 늘 괴로워했어."

쇼코의 시선은 완벽하게 4차원의 세계를 향해 있었다. 당장이라도 등 뒤에서 꽃잎이 너울거리고, 어디에선가 카나리아의 지저귐이 들릴 것만 같았다.

"시적이다." 하고 나는 감탄했다.

"딱 동화의 세계네."

옆구리께가 근질근질해지고, 별안간 화가 치밀어 올랐다.

"그 말투는 뭐야. 놀리는 거야?"

"놀리는 건 바로 너야. 네가 말하는 중학생은 이 세상에 없어."

"……무슨 뜻이야?"

"말 그대로야. 너한텐 안됐지만, 고바야시 마코토는 원래부터 그저 그렇고 그런 남자애였다고. 순수하지도 투명하지도 않은 보통 남학생. 물론 동화의 세계 같은 게 아니라 여기, 너와 같은 이 엉망진창의 세상에서 살고 있었지. 그런데 너를 포함해서 모두가 이런저런 모양으로 단정 지어 버리니까……, 극단적으로 미화하거나, 괴짜라고 판단해 버리니까, 그 애는 아마 꼼짝할 수 없었겠지. 그뿐이야. 사실은 조금 내성적일 뿐인 보통의 남자애였어. 별것 아닌 일로 고민하고, 따뜻하게 대해 주는 여자가 있으면 기분이 좋아져 금세 사랑에 빠지기도 하는, 바보 같을 정도로 평범한 남자였다고."

"거짓말! 너 지금 부끄러운 거지. 그래서 남 얘기하듯 얼버무리는 거야!"

격앙된 쇼코에게 나는 "자, 보라고." 하며 침대 밑에서 확실한 증거를 꺼냈다.

"그게 뭐야?"

"비밀 부츠. 전에 인터넷에서 샀어. 조금이라도 커 보이고 싶어서 지푸라기라도 잡는 심정으로 샀지. 그렇게 한심한 녀석이라고, 고바야시 마코토는. 키 따위로 끙끙 앓는 지극히 평범한 열여섯 살 소년이란 말이야. 그래도 못 믿겠거든 거기 책상 맨 아래 서랍을 열어 봐."

쇼코는 천천히 서랍을 열더니 꺄악, 하고 홱 물러섰다.

"이게 뭐야?"

"보면 몰라? 에로 잡지야. 그 나이대 남자애라면 누구나

가지고 있는 실용서지. 마코토도 다른 사람과 똑같이 성욕이 있었고, 밤이 되면 나름대로 처리도 했다고. 그리고 이렇게⋯⋯."

나는 눈을 번뜩이며 쇼코에게 바싹 다가갔다.

"이렇게 여자랑 단둘이 있으면 흑심도 생기고, 흥분되기도 하지."

쇼코의 까무잡잡한 목 언저리가 움찔 떨렸다.

"거짓말. 마코토는 그딴 생각 안 해! 나쁜 척하는 거지? 일부러 그런 말 해서 날 겁주려는 거지?"

"그럼, 확인해 볼래?"

금방이라도 울 것 같은 얼굴로 저항하는 쇼코를 보자 정말로 흥분됐다. 나는 쇼코의 연약한 어깨에 손을 얹었다.

"음, 확인해 볼까."

"그만. 마코토, 정신 차려!"

"정신 차리고 있어. 아주 똑바로."

"감기가 심하잖아."

"옮겨 주지."

히로카보다도 한층 더 작은 핑크빛 입술. 그럴 생각은 없었는데, 나는 욕구를 주체하지 못하고 그 입술에 내 입술을 갖다 대려고 했다.

"싫어엇!"

쇼코가 발버둥 치면서 의자에서 미끄러져 떨어졌다.

그 절규에 나는 제정신으로 돌아왔다.

"무슨 일이야?"

최악의 타이밍에 엄마가 들어왔고, 동시에 쇼코는 엄청난 기세로 방에서 도망쳤다. 그 발소리도 순식간에 계단 밑으로 사라졌다.

갑자기 조용해진 방에는 나와 홍차 쟁반을 들고 온 엄마만 남겨졌다.

나는 텅 빈 방 안을 둘러보다가 마지막으로 엄마에게 눈길이 멈췄다.

"바퀴벌레가 나와서. 이거 참 큰일이네."

쭈뼛거리는 엄마에게 말도 안 되는 변명을 내뱉고 재빨리 침대 속으로 가라앉았다.

침대 밑이 바다였으면, 하고 소박한 바람을 가져 봤다.

이대로 끝없이 가라앉으면 좋겠다.

"바보같이!"

이윽고 엄마가 나가자마자 프라프라가 나타나서 내 머리를 때렸다.

"소녀의 꿈을 망가뜨려서 어쩌려고."

할 말이 없었다.

"힌트라도 좀 줄 수 없을까." 하고 나는 기운 없이 물었다.

"혹시 내가 전생에서 저지른 죄가 강간이나 애증 살인이나, 그런 유의 치정 사건?"

"땡!"

프라프라는 두 손을 들어 커다랗게 X표를 그리고는 사라졌다.

사노 쇼코에 대한 자문자답.

나는 쇼코의 꿈을 망가뜨리지 말았어야 하나?

모르겠다.

쇼코가 꿈꾸는 고바야시 마코토를 연기라도 해야 했을까?

그렇게는 못 한다.

그런데, 쇼코는 왜 그렇게까지 마코토를 미화했을까?

사랑은 맹목적이니까.

사랑? 쇼코가 마코토를 사랑했다는 건가? 마코토의 안중에도 없었던 사노 쇼코가?

만약 그게 사실이라 해도 쇼코가 사랑한 건 극도로 미화된 고바야시 마코토일 뿐이다. 현실의 고바야시 마코토를 무시한 것이다. 가공의 짝사랑. 어차피 쇼코도 언젠가는 알 것이다. 그렇게 아름다운 열여섯 살 소년은 어디에도 없다는 걸.

아름답지 않아도, 비참해도, 꾀죄죄해도 그래도 모두들 열심히 살아가는데······.

쇼코가 떠난 어두운 방 안. 침대 위에서 내가 그렇게 괴로움에 빠져 있을 때, 같은 지붕 아래 몸부림치며 괴로워하는 또 한 사람이 있었다. 지쳐서 금세 잠들어 버린 나와는 달리 그 사람은 생각한 것을 어떻게든 글로 정리하려 하고 있었다. 그래서 편지지를 준비하여 쓰기 시작한 것이다.

시작은 이랬다.

'고민을 거듭한 끝에 편지라는 형태로 너에게 내 마음을 전하기로 했다. 직접 이야기하면 네가 귀를 막아 버릴 테니까.'

내가 내용까지 알고 있는 까닭은, 그 편지는 나에게 쓴 것이기 때문이다.

그날 밤, 조금 늦은 저녁상을 들고 온 엄마가 심각한 표정으로 편지를 건넸다.

"어쩌면 넌 이걸 읽지 않을지 모르겠다만." 하고 덧붙이며.

"엄마가 아들에게 이런 얘기는 안 하는 게 좋을지도 모르겠다. 하지만, 얘기한다고 이제 와서 엄마로서 실격되지는 않겠지. 읽을지 말지는 네가 결정해. 읽고 싶지 않으면 버리든지 태우든지 알아서 하고."

"병 속에 넣어 바다에 흘려 보내도 될까."

"너 좋을 대로 해."

내가 더 이상 비꼬지 않았던 건, 이때 그녀의 눈빛이 평소와 다르게 쭈뼛거리지 않았고, 동요하는 기색 없이 당당

프라프라인가 싶어 돌아본 나는 미쓰루의 이죽거리는 얼굴을 보고 곧바로 등을 돌려 버렸다.

"어어, 진짜 공부하고 있네."

미쓰루는 내 항의 따위는 들은 척도 안 했다.

"이야, 대단한걸. 아니지, 여간해서 볼 수 없는 귀한 광경이지. 사진 찍어도 되겠냐?"

"맘대로 해."

"장난이다, 멍청아. 필요 없어, 니 사진 따위. 근데 너, 괜찮겠냐? 내신 엄청 나쁘다며? 이제 와서 발버둥 쳐 봐야 소용없을 거 같은데."

"90퍼센트 소용없는 짓이지."

끈질기게 시비를 걸어오는 미쓰루에게 나는 자신 있게 단언했다.

"근데, 그런 문제가 아냐."

"그럼, 무슨 문젠데?"

"너하곤 상관없어."

"여전히 자폐적인 자식이네. 하긴, 넌 옛날부터 융통성이 없었지. 한번 뛰면 멈추지 못하는 멧돼지 같은 타입. 밤마다 서너 시까지 불 밝히고 있다지?"

사실이었지만 나는 대꾸하지 않았다. 전혀 다른 생각을 하고 있었기 때문이다.

그러고 보니, 요즘 통 프라프라 얼굴을 못 봤어…….

"나야 뭐, 아무래도 상관없지만 엄마가 너의 그 멧돼지 같은 성질 때문에 걱정이 많아. 공립 학교 시험 보라는 말에 네가 궁지에 몰려 발광이라도 하는 줄 알더라. 너도 참 바보구나. 갑자기 익숙지 않은 걸 시작하면 몸이 헷갈려서 탈 난다. 적당히 해 둬. 그 고약한 낯빛으로 더는 집안 분위기 가라앉히지 마."

상대하지 않고 단어장을 계속 넘기는 내게 미쓰루는 "그리고." 하고 덧붙였다.

"너 말이야, 엄마한테 좀 부드럽게 대해 줘. 요즘 막 대들고 그러지? 엄마도 지금 힘든 상황이야."

"부드럽게 대할 순 없어."

"뭐?"

"하지만 폐도 끼치지 않을 거야. 만약 공립에 떨어지면 난 사립 안 가고 재수할 거야."

"바보냐, 너. 요즘 누가 고등학교 재수를 해?"

분명 바보 같을 것이다. 하지만 나는 아주 진지했다.

"상관없어, 난 어차피 시대에 뒤떨어진 영혼이니까."

"뭐?"

"난 원래가 헤이세이(현재 일본 연호 – 옮긴이) 시대와는 안 맞아."

"그래? 그럼 어느 시대가 맞는데?"

"죠몬 시대(일본의 선사 시대 중 BC 13000년경부터 BC 300년까지 - 옮긴이)."

"그렇게까지 거슬러 올라가냐?"

미쓰루는 풋 하고 웃음을 터뜨렸다.

"죠몬 시대의 영혼이, 2만 8천 엔짜리 스니커즈 뺏겼다고 질질 짜냐? 천치 같으니라고."

"시…… 시끄러워! 죠몬 시대 사람이 하니와(무덤 주위에 묻었던 찰흙으로 만든 인형이나 동물 따위의 상 - 옮긴이) 뺏기고 우는 거나 같다고. 유행하는 마크가 들어간 귀중한 하니와 말이야."

"하니와는 야마토 시대(3세기 중엽에서 7세기 말 - 옮긴이) 부터거든. 죠몬 시대에는 아직 없었어. 너 아무래도 한 번 더 죽었다 다시 태어나는 게 좋겠다."

"너 먼저 죽어!"

내가 던진 단어장을 홱 피하고 낄낄 웃으면서 방에서 물러간 미쓰루는 곧바로 나의 '재수 선언'을 아빠와 엄마한테 말해 버린 모양이었다.

이튿날 아침, 당장 엄마가 울며 매달렸다.

"제발, 마코토. 지난번 얘기는 그만 잊어. 돈은 어떻게든 대 줄 테니까 걱정 말고 사립 학교 시험 봐."

그러나 나는 대답하지 않았다. 그렇게 쉽게 요구 사항을 바꾸는 것도 곤란하거니와 무엇보다도 내게는 내 나름의 생각이 있다.

요컨대 이런 거다.

나의 홈스테이는 1년이라는 기한이 있다고 프라프라가 말했다. 벌써 그중 3개월 정도가 지났다. 고교 입시는 앞으로 4개월 후. 그렇다면 어느 고등학교에 들어가더라도 나는 단지 5개월밖에 다니지 못한다는 계산이 나온다. 공립이라면 또 몰라도 비싼 입학금을 내고 사립에 들어간다는 건 바보 같은 짓이다.

그런 논리 정연한 이유가 있지만 답답하게도 이건 나 말고 어느 누구에게도 설명할 수 없는 이유다. "내 목숨은 앞으로 9개월이라……."라고 말해 봤자 아무도 곧이곧대로 받아들이지 않을 것이다. 그렇다면 나는 묵묵히 공부만 열심히 해서 어떻게든 공립에 들어가는 길밖에 없다.

실제로도 나는 묵묵히 공부에 전념했다.

공부는 단지 재미없을 뿐이지 마라톤이나 축구에 견주면 전혀 힘들지 않았다. 수면 부족으로 몸이 힘들었지만 공원에서 습격당한 그날 밤의 아픔에 비하면 새 발의 피였다.

다만 한 가지 괴로운 점은 입시 공부를 시작한 뒤로 그림 그릴 시간이 없어졌다는 것.

공부 때문만은 아니다. 내가 미술부에 발길을 끊게 된 건 히로카와 쇼코를 피하려는 목적도 있었다.

히로카에게는 내내 마음이 쓰였다. 보고 싶지 않은 것도 아니었지만, 어떤 마음으로 만나야 할지 알 수 없었을 뿐이다. 또 그 애의 일거수일투족에 휘둘릴 생각을 하면 마음이 무거웠다. 요즘은 학교에서 히로카를 봐도 전만큼 설레거나 동요되지 않았고, 이대로 조용히 뭔가가 끝나기를 바라는 마음이었다.

한편, 나와 한 반인 쇼코는 매일같이 마주쳤지만 이쪽도 그날 이후로 서먹한 상태가 계속됐다. 그렇게 집요하던 쇼코가 전혀 내게 다가오지 않았고(당연한가), 눈이 마주치면 냉큼 돌려 버렸다. 역시 쇼코가 좋아한 건 미화된 가공의 고바야시 마코토였던 것. 그 이상을 무너뜨린 나로서 약간은 양심의 가책을 느끼고, 되도록 그 애와 얼굴을 마주치지 않으려 애썼다.

그리하여 나는 유화의 세계에서 멀어짐에 따라 그 파란 그림도 마무리하지 못한 채 입시 공부의 세계로 건너뛰었다.

하지만 그건 내가 느끼던 것 이상으로 따분한 생활이었던 모양이다.

한자와 수학에만 쫓기는 색깔 없는 나날은 나를 조금씩 흑백의 공허한 기분에 빠지게 했다.

"돌아오는 일요일에, 오랜만에 느긋하게 보낼 수 있게 됐어. 강 낚시라도 갈까 싶은데 어때, 마코토도 따라가지 않겠냐? 낚시하기 싫으면 옆에서 그림 그려도 되니까 말이야."

12월에 접어든 어느 날 아침, 아빠의 그 말을 즉각 거절

하지 못했던 것도 그런 무미건조한 나날을 보내고 있었던 탓인지도 모른다. 그림이라는 한마디에 마음이 확 움직여 버린 것이다.

"아직 알려지지 않은 썩 괜찮은 강이 있어. 공기도 맑고, 경치도 좋고, 틀림없이 좋은 그림을 그릴 수 있을 거다."

전부터 풍경화를 그리고 싶어 했던 나를 아빠는 교묘하게 부추겼다.

"하지만 시험도 얼마 안 남았는데."

그래도 나는 고집스럽게 계속 외면했다.

"어이쿠, 가끔은 기분 전환을 해도 좋지 않겠냐. 공부든 일이든 기분 전환을 하면 능률이 오르기 마련이야. 마코토, 잠깐 다녀오자꾸나. 차로 가면 그리 오래 걸리지도 않을 거고, 뭐 드라이브도 할 겸 말이야. 겨울의 강이라는 건 참 맑아서 좋거든. 자 그럼, 일요일 아침 일찍 출발하는 거다."

그리하여 아직 확실히 대답도 하지 않은 상황에서 결정돼 버렸다.

왠지 감쪽같이 말려든 기분이다. 방심해서도, 틈을 보여서도 안 된다. 나는 석연치 않은 기분으로 집을 나와 학교로 향했다.

그리고 집에 돌아오는 길에, 거의 바닥이 난 용돈을 털어서 스케치북을 샀다.

10

12월 6일. 일요일. 이른 아침 여섯 시 반.

새벽빛으로 빛나기 시작한 커튼을 젖히고 창문을 열자 하늘은 그야말로 파랑 일색의 캔버스 같았다. 아직 아무것도 그려져 있지 않은 파란 바탕. 멀찍이 아파트 단지 위로 가느다란 붓으로 살짝 붓질을 한 듯 구름이 길게 뻗어 있을 뿐.

되게 맑네, 하고 나는 복잡한 심정으로 뿌연 입김을 토해 냈다. 이제 비 때문에 낚시가 취소될 가능성은 없어지고 말았다. 좋아할 아빠의 얼굴을 상상하자 화가 치밀어 올랐지만, 생각해 보면 나 역시 기대에 들떠 이렇게 아침 일찍 일어난 것이다.

일곱 시 반 출발까지는 아직 여유가 있었다. 일찌감치 준비를 마친 나는 방에 돌아와서 커튼을 쳤다 걷었다, 새로 산 스케치북을 펼쳤다 덮었다……, 이상하게 마음이 들떠서 잠자코 있을 수 없었다.

결국은 침대에 걸터앉아 천장을 올려다봤다.

"저기, 프라프라."

조그맣게 속삭여 봤지만 대답이 없었다.

"의논할 게 좀 있는데."

대답이 없다.

"오늘 앞머리, 괜찮아?"

아무리 불러도 프라프라는 모습을 드러내지 않았다. 그러고 보니 벌써 3주도 넘게 얼굴을 보지 못했다.

이봐, 프라프라. 일 내팽개치고 어딜 싸돌아다니는 거야?

아니면, 이제 가이드 역할 끝난 거야?

요즘엔 프라프라 대신 사오토메가 나를 신발 가게까지 안내해 주고, 오늘은 이렇게 아빠가 나를 어딘가로 안내하려고 한다. 뭔가 조금씩 변해 가고 있다는 것은 나도 어렴풋이 느끼고 있었다.

사실은 그래서 더 무서웠다.

인간계 녀석들이 대체 나를 어디로 데려가려는 거지?

아빠가 운전하는 감색 칼디나는 왕복 1차선 도로를 타고 도시를 벗어나 2차선 국도와 3차선 고속도로로 갈아타고 이윽고 현에서도 벗어나 꾸불꾸불한 산길로 나를 싣고 갔다.

"차로 그리 오래 걸리지 않아."라는 말은 새빨간 거짓말이었다. 족히 세 시간은 걸렸을 것이다. 나는 그동안 한 번도 입을 열지 않고 조수석 창에 기댄 채 자는 척하다 정말로 잠이 들고 말았다.

눈을 뜨자 차는 작은 산간 마을을 달리고 있었다. 산과 산 사이에 밭이 펼쳐져 있고, 그 밭과 밭 사이에 띄엄띄엄 인가가 있는 한가로운 풍경을 방해하지 않도록 살그머니 길이 뚫려 있는 듯한, 그런 조용한 마을이었다. 더러더러 온천과 노래방 등의 간판이 눈에 띄었지만 실제로 그런 시설들은 어디에도 보이지 않았다. 이윽고 간판들도 사라지고 주위가 차츰 적막해졌을 무렵, 아빠는 자갈이 깔린 후미진 길가에 차를 세웠다.

"아, 이 부근이네."

아빠는 눈머리를 누르며 이렇게 말했지만 울창한 수목에 둘러싸인 자갈길 주변에 강이 있을 성싶지 않았다.

어디 그럼, 하고 생각하면서 나는 조수석의 문을 열었다.

순간 분무기로 얼음물을 뿌린 듯한 매서운 냉기에 온몸이 얼어붙는 것 같았다.

"두꺼운 옷 챙겨 입어."

트렁크에서 낚시 도구를 꺼내면서 아빠는 그제야 조언을 했다. 스스로도 너무 늦었다는 걸 알았는지 목에 두르고 있던 목도리를 풀어 내게 내민다.

물론 나는 사양했다. 손뜨개로 짠 목도리는 너무 촌스러웠을 뿐만 아니라 딱히 견디지 못할 만큼 춥지도 않았다. 기온은 분명 낮았지만 푸르디푸른 투명한 공기 덕분에 기분 좋게 견딜 만했다.

"그럼, 가자."

아빠는 단념하고 다시 목도리를 두르면서 나무숲으로 들어갔다.

나도 한 손에 스케치 도구를 들고 그 뒤를 따랐다.

길을 가로막는 잔가지들을 헤치고 완만한 비탈길을 내려갔다. 나뭇잎에는 아직 아침 이슬이 매달려 있고, 올려다보니 나뭇잎 사이로 비치는 햇살이 눈부셨다.

10분 쯤 걸어가자 시야가 탁 트이면서, 목적지인 강이 나왔다.

마른 들판 위를 소리 없이 흐르는 조그만 강. 아침 햇살에 비친 수면이 청록빛이어서 순간 나는 물이 없는가 싶어 실망할 뻔했지만, 자세히 보니 그건 온통 물속에서 하늘거리는 수초였다. 물은 강바닥의 모래까지 보일 정도로 맑았다. 그 투명한 강물을 끼고 건너편에도 이쪽과 같은 장대한 숲이 펼쳐졌고, 강 상류 쪽에는 눈을 뒤집어쓴 산이 솟아 있었다.

경치 좋은데, 하고 나는 인정했다. 어느 모로 봐도 그림이 될 만한 경치는 아니지만 각도나 구도에 따라서는 어떤 그림이든 될 것 같았다. 스케치하기에는 최적의 장소일지도 모른다. 그런데…….

"이런 데서 고기가 잡혀?"

나는 벌써 강가에서 낚싯대를 잡고 있는 아빠에게 싸늘한 눈길을 돌렸다. 물속에 물고기의 모습이 보이지 않을뿐더러 무엇보다도 낚시를 하기에는 수초가 너무 많았다.

"잡히고 안 잡히고가 뭐가 중요하냐. 강가에서 느긋하게 경치를 즐기는 거지. 그게 아빠식 낚시야. 물고기하고는 상관없어. 허허허."

눈꼬리에 주름이 잡히는 아빠는 정말로 물고기에 관심이 없는지 낚시하러 온 사람이 양동이도 아이스박스도 가져오지 않았다. 강가에 자리 잡고 앉아 미끼도 없는 낚싯바늘을 늘어뜨리고 멍하니 있을 뿐이다. 뭐가 우스운지 가끔씩 혼자서 벙글벙글 웃고 있다.

이상한 사람이다. 나는 개의치 않고 스케치할 장소를 찾아 전망 좋은 양지에 비닐 돗자리를 깔았다. 곧바로 그 위에 앉아 새로 산 스케치북을 펼쳤다. 연필을 움직이고 5분도 채 지나지 않았는데 손가락 끝에서 팔, 발가락 끝에서 허벅지, 엉덩이에서 배로 서서히 냉기가 퍼져 나갔다. 한겨울의 야외 사생은 혹독했다. 하지만 스케치 자체가 재미있어서 어느새 푹 빠져들고 말았다.

강의 맑고 투명함.

나무들의 위엄.

살갗을 쓰다듬는 바람의 감촉.

나는 아직 그런 것까지는 그림으로 표현하지 못하지만, 때로 나뭇잎을 그리면서 실제로 내 손이 그 이파리에 닿는 듯한 착각에 빠졌다. 강물의 흐름을 그릴 때는 그 차가운 물에 손끝을 담그고 있는 듯한 기분이 들었다.

나뭇잎은 나에게서 뭔가를 털어 내고, 강물은 뭔가를 흘려 보내는 듯했다. 밑그림을 그리고 수채화 물감으로 색칠을 하다 보니 서서히 몸이 가벼워지는 게 느껴졌다. 어깨에 얹혀 있던 불필요한 것들이 다 떨어져 나가는 느낌. 나는 어쩌면 내가 생각하는 것 이상으로 익숙지 않은 공부에 지쳤는지도 모른다.

나는 몰두해서 붓질을 했고, 아빠는 몇 분마다 한 번씩 와서 내가 그리는 그림을 들여다보고는 "목도리, 정말 안 해도 되겠냐?"라며 확인하고 돌아가곤 했다.

오전 중에 나는 그림 한 장을 완성했고, 아빠는 물고기를 한 마리도 낚지 못했다.

"넌 풍경화 전문이냐?"

아빠가 새삼스럽게 물은 건 점심 시간. 엄마가 싸 준 도시락을 비닐 돗자리에 펼쳐 놓았을 때다.

"사람은 안 그려?"

나는 보온병의 커피로 몸을 녹이면서 고개를 저었다.

"안 그려."

"왜?"

"사람이 싫어."

딱 잘라 대답한 순간 사오토메의 얼굴이 머리에 스쳤다. 나는 "기본적으로는." 하고 작게 덧붙였다.

"응, 그러냐."

아빠는 연신 고개를 끄덕이면서 주먹밥을 네 번에 걸쳐 다 먹었다. 그리고 달걀말이와 소시지와 미니 햄버거를 각각 한입에 다 먹어 치웠다. 그러고는 마침내 내게 돌아앉아, "나도 기본적으로 인간이 싫다." 하고 구김살 없이 웃는 얼굴로 내뱉었다.

"한때는 너무도 싫었지."

"아, 그래."

나는 마음에도 없는 대답을 하고 볼이 미어지게 튀김을 입에 넣었다. 향긋한 간장 맛이 입안 가득 퍼졌다. 그 뒷맛을 음미하면서 주먹밥에 손을 뻗는 내게 아빠는 단무지를 씹으면서 말했다.

"오늘 왜 너를 낚시에 데려왔는지 아니?"

아작아작.

"알아."

우물우물.

"뭐? 안다고?"

아작아작.

"안다니까."

우물우물.

"낚시를 구실로 나랑 얘기할 시간을 가지려는 거잖아."

단무지를 베어 물던 아빠의 입이 멈췄다.

"잘 알고 있구나."

"뻔하잖아."

부자지간의 낚시는 곧 대화의 시간. 어차피 그런 홈드라마 같은 속셈이 있으리라고 생각했다.

"알고 있었다면, 얘기하기 쉽겠구나." 하고 아빠는 어느 정도 마음이 놓이는지 말을 이었다.

"네 말이 맞다. 아빠는 너랑 얘기하고 싶어서 여기에 왔어. 그동안은 네가 먼저 얘기해 주길 기다렸는데, 요새 들어서 퍼뜩 깨달았단다. 어쩌면 나는 기다리고 있는 게 아니라 도망치고 있는 건지도 모른다고 말이야. 게다가 요즘 들어 기운 없는 네 엄마를 지켜보자니 나도 견디기 힘들었고."

"……."

"엄마와 너 사이에 무슨 일이 있었는지 아빠는 모른다. 그러나 아내와 자식 사이가 계속 삐걱거리면 한 지붕 아래서 신경이 쓰이게 마련이지."

"겉보기엔 잘 지내는 것 같지만 실제로는 가면 부부인 부모를 보는 것도, 자식 입장에선 신경 쓰이게 마련이야."

나는 심술기가 발동해 슬쩍 말해 봤다.

"그게, 무슨 말이냐?"

"별 뜻 없어."

"아니다, 말해 봐라. 네 마음을 아빠한테 터놓아 봐."

"그럼, 말할게." 하고 나는 말했다.

"결혼, 실패한 거 아냐?"

"결혼?"

"후회하지 않나 해서."

"그런 바보 같은 생각을 할 리가 있겠냐."

아빠는 갑자기 정색을 하고 말했다.

"아빠는, 엄마와의 결혼 생활을 후회한 적이 단 한 번도
없어. 후회가 다 뭐냐, 오히려 다시없는 좋은 짝을 만난 걸
복이라고 생각하지."

그건 엄마의 실체를 몰라서 하는 말이겠지만, 아빠는 소
리 높여 말을 이었다.

"엄마는 언제나 생기가 넘쳐서 좋아. 집 안에 틀어박혀
있기 좋아하고 아무런 취미도 없는 나와는 달리 엄마한테
는 도전 정신이 있거든. 너도 기억할지 모르겠다만, 나가
우타(에도 시대에 유행한 긴 속요 – 옮긴이)나 갓포레 춤 같은,
자꾸 새로운 것에 도전하는 그 적극적인 자세에 늘 감탄하
고 있단다. 그 활력이 아빠한테는 얼마나 큰 힘이 되는지

몰라."

"헉."

나는 멍하니 허공을 바라봤다.

도전 정신. 적극적인 자세. 활력.

그 어느 것도 실의에 가득 차 있던 엄마의 편지에서는 찾아볼 수 없는 말이었다. 하지만 아빠는 진심으로 그렇게 믿는 것 같았다.

"뭘 배우러 다닐 때만이 아냐. 시간제로 일할 때도 엄마는 생기가 넘쳤어. 뭘 배우러 다닐 때처럼 웃음을 잃지 않고 즐겁게 일하더구나. 덕분에 아빠가 실업자 신세였을 때 얼마나 힘이 됐는지 모른다."

시간제 일? 실업자?

또다시 새로운 단어가 등장했다.

그건 또 언제 적 얘기지?

"금전적인 면만 얘기하는 게 아니다. 정신적으로도 난 그때 몹시 힘들었어. 엄마의 밝은 얼굴이 없었다면 아마 견디기 어려웠을 거다."

내가 당황해하거나 말거나 이야기는 다시 의외의 방향으로 발전해 나갔다.

"……그때 일 말인데, 아빠가 가장 힘들었을 때 얘기, 너랑 미쓰루한테는 한 적이 없지. 약한 소리 하기 싫어서, 걱정 끼치기 싫어서 지금까지 말하지 않았는데 말이다. 결국은 내 체면만 생각했던 거지. 아빠는 네가 자살을 기도했을 때, 굉장히 후회했단다. 체면 생각하지 말고 좀 더 많은 이야기를 했어야 하는데, 하고 말이야. 도움이 되든 안 되든 아무튼 아무 얘기라도 많이 해야 했어. 이제라도 들어 주겠냐?"

문득 정신을 차리고 보니, 나는 감쪽같이 아빠의 페이스에 말려든 상태였다.

아연실색하는 내 대답도 기다리지 않고 아빠는 진지하게 이야기를 시작했다.

"네가 초등학생 때, 난 다니던 제과 회사를 느닷없이 그만두었단다. 그게 불운의 시작이었지. 그때는 너희들한테 업무상 실수한 책임을 지고 그만뒀다고 말했지만, 사실 절반은 거짓말이었단다. 실수야 물론 했지만 상사의 실수를 내가 뒤집어쓰고 그만둔 거지. 흔히 있는 일이지만 말이다."

아빠는 드물게 자조적인 웃음을 지었다.

"상사의 부주의로 큰 거래처와 맺었던 계약이 백지화돼 버렸다. 뒤늦게 알고 보니까, 내가 책임을 전부 뒤집어쓰고 있지 뭐냐. 계속 적자 상태였던 터라 회사에서도 퇴출시킬 인물을 찾고 있었던 거지. 하지만 난 해고당한 사실보다 상사한테 배신당했다는 사실이 더 억울하고 분했다."

"……그래서 사람이 싫어진 거야?"

"싫어졌다기보다 무서워졌는지도 모르지. 회사에선 고런 속사정을 다 알면서도 누구 하나 그걸 말하려 들지 않았거든."

그토록 생생한 이야기를 하는 아빠의 머리 위에서 사이프러스의 잔가지가 바람에 흔들리고 이따금 새들이 지저귄다. 그 위로는 한낮의 태양이 눈부신 금가루를 뿌리고 있다.

"게다가 그 당시엔 사회 전체적으로도 한창 불황이어서 다음 직장을 쉽게 결정하지 못하고 있었다. 이전처럼 어떻게든 기획 업무를 계속하고 싶었거든. 새로운 상품을 기획하고, 만들어 내고……, 그런 과정을 엄청 좋아했어. 물론 그렇게 고집을 부릴 수 있었던 것도 다 엄마 덕분이었지. 엄마가 응원해 줬기에 아빠도 초조해하지 않고 일을 찾을 수 있었던 거야. 반년 가까이 실업자로 지낸 끝에 겨우 지금 회사 기획부에 재취업했을 때는 정말이지 좋아서 춤이라도 추고 싶었어. 이제 엄마가 좋아하는 걸 다시 배울 수 있겠다 싶어서 말이지."

아빠의 목소리가 한순간 붕 떠올랐다. 그러나 곧바로 "그러나." 하고 급강하했다.

"그러나, 나의 불운은 끝난 게 아니었어. 이번엔 새로 들어간 회사에서 엉뚱한 사건에 휘말리고 말았단다."

사건. 그 악덕 상행위를 말하는 건가.

"아빠는 정말이지 지독히도 운이 없었어."

피해자인 척 불만을 토로하는 소리에 그때까지 멍청히 듣고 있던 나는 속아서는 안 돼, 하고 퍼뜩 생각했다. 아빠는 그 사건 덕분에 평사원에서 부장으로 승진하고 문자 그대로 어깨춤을 덩실거리며 좋아하지 않았던가. 회사의 사장과 임원들이 줄줄이 체포된 바로 그날 밤에 말이다.

"회사 직원인데, 정말로 악덕 상행위 하는 걸 몰랐어?" 하고 나는 주의 깊게 아빠를 떠봤다.

"사실은 공범인 거 아니야?"

아빠는 묘한 표정을 지었다.

"입사 당시엔 몰랐지. 아니지, 그때까진 사장도 성실했어. '사업이란 상품을 파는 게 아니라 아이디어를 파는 것이다.' 그 말을 입버릇처럼 했던 좀 특이한 사람이었다. 야심이 좀 있었던 건 분명하지만 법에 저촉될 만한 잔꾀를 부리는 사람은 아니었어. 그게 2년쯤 전에 '품질이 좀 떨어져도 아이디어만 좋으면 소비자한테 잘 먹힌다.'라는 극단적인 논리로 치닫기 시작하면서 회사 분위기가 심상치 않아졌단다. 아무튼 사장이 심복 임원들하고 해괴한 프로젝트를 시작했다는 소문이 사내에 퍼지기 시작했어. 당사자들이야 극비로 추진했을 테지만 한 회사에 있으니 모를 리가 없지."

"그럼, 알고 있었던 거네."

"으응, 사내에서는 모르는 사람이 없었었지."

"알면서 왜 중단시키지 못한 거야?"

"몇 번이나 중단시키려고 했지. 사장단이 수상한 움직임을 보일 때마다 아빠는 직접 호소했다. 이런 일을 계속하다가는 언젠가 큰일이 나고 만다고, 시간이 걸리더라도 꾸준히 질 좋은 상품을 개발해야 한다고 말이지."

"흐음."

나는 혼란스러웠다. 뭔가 이상하다. 이야기가 다르다. 프라프라는 그런 얘기는 전혀 하지 않았는데…….

"갑자기 사장이 나를 눈엣가시처럼 여기기 시작했다. 제과회사 때와 같은 상황이었어. 책상이 창가로 옮겨지고, 아무런 일거리도 받지 못하고, 사표를 쓸 수밖에 없는 상황으로 내몰렸단다. 그래도 아빠는, 오기로 사표를 쓰지 않았어. 이번에 직장을 잃으면 언제 다시 직장을 구할 수 있을지도 알 수 없고 또 엄마한테도 미안했어. 집 살 때 받은 융자금도 남아 있고, 너희들 학비도 마련해야 했으니까. 어떤 상황에 내몰려도 회사에만 붙어 있으면 월급은 받을 수 있으니까."

2년간, 하고 아빠는 무겁게 중얼거렸다.

"2년간 그렇게 죽은 듯이 계속 출근했다."

북풍에 아빠의 잿빛 머리카락이 날리며 위로 솟았다.

나는 와들와들 떨면서 스테인리스 머그컵을 손에 들었다.

커피는 차갑게 식어 있었다.

"회사 사람들 아무도 도와주지 않았어?"

아빠에게 묻는 내 목소리가 점점 작아졌다. 어쩌면 나는…… 아니, 마코토는 돌이킬 수 없는 오해를 한 게 아닐까.

"격려해 준 사람은 있었지만, 상대가 상대니만큼 도울 수 없었겠지."

"체포된 임원들은 모두 사장 편이었고?"

"같은 편이고 아니고를 떠나, 그들도 나름 망설였을 테지만 그들 입장에서는 거스를 수 없었겠지. 오히려 젊은 사원들 사이에서 사장을 해임하고 회사를 일신시키자는 목소리가 높아졌어. 나도 동감이었고. 회사가 그렇게까지 타락했으니 오직 대변혁을 일으키는 길밖에 없었던 거지."

"그럼, 그날 밤 그렇게 좋아했던 게 승진해서 그런 게 아니었던 거야?"

"승진해서 그랬지." 하고 아빠는 깨끗이 인정했다.

"이제야 일다운 일을 하게 됐으니까. 더구나 그렇게 바라던 기획부에서 말이다. 이제부터는 꾸준히 좋은 상품을 개발해 나가자고, 그날 밤 젊은 사원들과 의기투합했다. 한때는 포기도 했었지만 아직 내 인생도 버려진 건 아니구나 싶더구나."

"……."

완전히 할 말을 잃은 내게 아빠는 "어떠냐." 하며 빙그레

웃으며 가슴을 펼쳐 보였다.

"네 눈에는 그저 그런 샐러리맨으로 보일지도 모르지. 매일매일 만원 전철에 시달릴 뿐인 무료한 중년으로 보일지도 모르고. 하지만 아빠의 인생은 나름대로 파란만장했단다. 좋은 일도 있었고 나쁜 일도 있었다. 그래서 한 가지 분명히 말할 수 있는 건, 나쁜 일은 언젠가는 반드시 끝난다는 것. 아빠가 얻은 작은 교훈이야. 좋은 일이 언제까지나 계속되지 않듯이 나쁜 일도 언제까지나 계속되지는 않는 법이지."

아빠는 멋쩍은 듯이 큰 소리로 하하하 웃기 시작했다. 그 웃음소리에 튕겨 나가듯 비닐 돗자리 주위에서 도시락을 노리고 있던 까마귀들이 일제히 날아올랐다.

푸드덕푸드덕 울리는 날갯짓 소리.

감청색 하늘로 빨려 들어가는 검정.

나는 별안간 현기증이 날 정도로 고독해졌다.

아빠는 나를 격려해 줄 심산이겠지만 유감스럽게도 나는 나쁜 일이 반드시 끝나는 건 아니라는 것을 안다.

마코토의 죽음은 끝나지 않았기 때문이다. 몇 년이 지나도, 몇십 년이 지나도 죽음만은 절대로 끝나지 않는다.

돌이킬 수 없는 오해를 세상에 남긴 채로 마코토의 죽음은 영원히 계속되는 것이다.

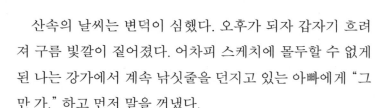

11

산속의 날씨는 변덕이 심했다. 오후가 되자 갑자기 흐려져 구름 빛깔이 짙어졌다. 어차피 스케치에 몰두할 수 없게 된 나는 강가에서 계속 낚싯줄을 던지고 있는 아빠에게 "그만 가." 하고 먼저 말을 꺼냈다.

돌아오는 길에는 고속도로에 발이 묶여 끝도 없이 긴 드라이브가 되고 말았다.

약 20킬로미터에 이르는 극심한 정체. 3차선 도로 가득 차들이 꼬리에 꼬리를 물고 줄지어 선 채 앞으로 나아가지 못하고 있었다. 갑자기 빈혈이라도 일으킨 듯 비칠비칠 나가다가, 이내 다시 멈춰 서고 만다. 다들 속이 타들어 가는지 마침내 여기저기서 누가 먼저랄 것도 없이 항의하는 경적이 울리기 시작했지만 내 옆에 있는 아빠는 눈썹 하나 까딱하지 않고 핸들을 잡은 채 음악에 맞춰 태평하게 엔카까지 흥얼거렸다.

생각해 보니 이렇게 가까이서 아빠의 얼굴을 보는 것은 처음이었다.

백이면 백, 한결같이 온화해 보인다고 입을 모을 게 분명한 둥글둥글한 얼굴. 사람을 미워한 적 없을 것 같은 눈동자. 마흔이 넘은 사람치고는 피부도 탱탱하다. 쓰라린 아픔을 겪었는데도 마코토의 얼굴처럼 어두운 그림자도 없다.

"뭐 하나 물어봐도 돼?"

나는 나직이 말했다.

"지금만 좋으면, 과거의 일은 아무래도 괜찮아?"

나는 도무지 이해되지 않았다.

"과거의 원한은? 사장이나 상사들에 대한 분노는? 이제는 사람이 싫지 않다고 말할 수 있어? 사람들은 또 이제부터 더 나쁜 짓을 할지도 모르고, 어쩌면 모르는 곳에서 더 몹쓸 짓을 하고 있을지도 모르는데?"

엄마를 떠올렸다.

아빠 몰래 바람을 피운 엄마.

그런 엄마를 파워풀한 구세주처럼 말하는 아빠.

고바야시 마코토뿐만 아니라 이 지상에서는 누구나 누군가를 조금씩 오해하거나 오해받으며 살아가는지도 모른다. 그건 정신이 아득해질 정도로 슬픈 일이지만 그래서 더 잘

돼 가는 경우도 있다.

"그야, 원망했었지."

아빠는 긴 침묵 끝에 그렇게 말했다. 마주 달려오는 차의 헤드라이트에 비친 아빠의 옆얼굴이 조금 굳어 있었다.

"아무리 지금이 좋아도 비참한 과거가 사라질 리 있겠냐. 2년 동안 죽은 사람처럼 지낸 그 시간을 되찾을 수도 없고 말이야. 상사에 대한 원망은 한 번도 잊었던 적이 없고, 사장이 기소됐을 때는 꼴좋다고 생각했단다. 그런 나 자신에게 넌덜머리가 난 적도 있다."

그러나, 하고 아빠는 말을 이었다.

"그러나, 그런 감정은 모두 한순간에 날아가 버렸단다."

"한순간?"

"그날, 그 순간에."

"언제?"

"모르는구나."

아빠의 얼굴에서 웃음이 사라졌다.

"네가 살아 돌아온 순간 말이야."

"아."

머리가 지끈거렸다.

"대량의 수면제를 먹고 죽어 가는 너를 발견했을 때, 내 심장이 먼저 멎어 버리는 것 같았다. 엄마 앞에서, 어떻게든 해 보려고 했지만 마음속은 갈팡질팡 어찌할 바를 몰랐어.

다급히 구급차를 불렀지만 의사도 거의 가망이 없다고 하더구나. 잘해야 식물인간이 될 거라고. 하지만, 의사와 간호사 선생님들은 그럼에도 열심히 온갖 방법을 다 써 주셨다. 넌 아직 어리다고, 어떻게든 살려 내겠다고, 할 수 있는 한 모든 방법을 다 써 주셨어. 나는 그 자세에 감동했다. 그리고 너도 그런 사람들의 열의에 보답하듯 기적적으로 살아나 줬어. 그때 생각했다. 사람이란 좋은 쪽으로든 나쁜 쪽으로든 참 대단한 존재라고 말이야."

아빠는 음미하듯이 말했다.

"그 순간에 맛본 기쁨은 그간의 모든 고통을 청산하고도 남을 만큼 컸단다."

뒤에서 또 한 번 경적이 울렸다. 그에 답하듯 앞에서도 한 번, 오른쪽에서도 한 번. 나는 시선 둘 곳을 몰라 안절부절못하면서 소리 나는 방향으로 일일이 고개를 돌렸다.

"아빠만이 아냐. 그 순간에 미래를 바꾼 사람도 있어."

아빠의 목소리가 다시 내 시선을 잡아끌었다.

"눈치 못 챘어? 미쓰루가 별안간 의사가 되고 싶다고 말을 꺼낸 건, 그 병원에서 네가 목숨을 건진 직후야."

"어?"

"그런 미쓰루가 올해는 입시를 포기한다는구나. 아무래도 갑작스레 결정한 거라, 지금부터 쫓아가도 어려운 모양이더라. 1년간, 다시 열심히 공부해서 내년에 장학생으로 가겠대. 대신 널 사립에 보내라고 했어.”

“…….”

머릿속이 혼란스러워서 할 말을 찾을 수 없었다.

그 미쓰루가? 설마. 거짓말이다. 그런 말도 안 되는 일이 있을 리 없다. 필사적으로 부정했지만 마음속에서는 거짓말이 아니라고 인정하고 있었다.

나는 단념하고 등받이에 등을 푹 기댔다.

사실 나도 어렴풋이 눈치채고 있었다. 내가 고바야시 마코토가 된 이후로, 즉 마코토의 자살 사건 이후로 입이 거친 그 미쓰루가 한 번도 내 키를 가지고 놀리지 않았던 것.

집에 도착했을 때는 벌써 아홉 시가 넘은 시각이었다. 문틈으로 빛이 새어 나오는 것으로 보아 미쓰루는 방에 있는데도 내가 문을 두드리는 소리에 대답이 없다. 아랑곳하지 않고 문을 열자 정면에 있는 책상에서 공부 중이었다.

“누가 들어오래?”

미쓰루는 내게 등을 돌린 채로 평소처럼 딱딱하게 말했다.

“무슨 일이냐?”

“몇 가지 확인하고 싶은 게 있는데.”

나는 단도직입적으로 물어봤다.

“올해, 의대 입시를 포기한 게 나 때문이야?”

“말도 안 되는 소리.”

미쓰루는 돌아보지도 않고 코웃음을 쳤다.

"그냥 너무 늦은 것 같아서 말이야. 나도 네 형이라서 머리가 썩 좋지는 않거든."

얄밉게 말하는 거며 안 해도 될 말을 덧붙이는 건 여전했다.

"그리고, 알아봤더니 의대는 생각했던 것보다 돈이 많이 들더라고. 입학하고 아르바이트라도 해서 학비를 벌 생각이었는데, 차라리 내년에 장학생으로 들어가는 게 나을 것 같아서 방침을 바꾼 것뿐이야."

"이상." 하고 딱 자르고는 다시 문제집으로 향하는 미쓰루를 나는 "한 가지 더." 하고 불러 세웠다.

"의사가 되려고 결심한 게, 내 자살 때문이야?"

"딱히 너하곤 상관없어. 네 주치의의 영향이지."

미쓰루는 감정이 섞이지 않은 목소리로 말했다.

"나는 그때 처음으로 사람의 생명을 책임지는 의사들이 하는 일을 가까이서 봤어. 조용히 온 정성을 다 쏟는 그 의사의 모습에 살짝 감동했지. 아빠랑 엄마가 기뻐하는 걸 보고, 이런 일도 나쁘지 않겠구나 싶더라고. 그게 다야. 환자는 딱히 네가 아니어도 상관없었어. 다른 병실의 환자라도, 어쩌면 원숭이라도 상관없었을걸. 이상."

미쓰루가 샤프펜슬을 움직이기 시작했지만 나는 문 앞을 떠나지 못했다.

"하나 더."

"아직 안 끝났냐?"

"마지막으로 하나만."

"뭔데?"

"진짜?"

"어?"

"진짜 원숭이라도 상관없었어?"

미쓰루의 샤프펜슬이 멈췄다. 마코토와 많이 닮은 처진 어깨도, 마코토와 같은 위치에 있는 머리 위의 가마도, 모두 몇 초 동안 움직이지 않았다.

"그런 건, 스스로 생각해!"

의자를 삐걱대며 돌아본 미쓰루는 기겁을 할 정도로 별안간 무서운 얼굴로 변해 있었다.

"생각해 보라고!" 하고 다시 한번 나를 찌르듯이 노려보면서 말했다.

"어릴 때부터 곁에 있던 굼뜨고, 못생기고, 머리 나쁘고, 무기력하고, 병적으로 소심해서 친구도 못 사귀고, 그래서 늘 내 뒤만 졸래졸래 따라다녔던, 16년간 한시도 눈을 뗄 수 없었던 성가신 동생이, 어느 날 아침, 평소와 다름없는 아침에 느닷없이, 침대에서 죽어서 나갔어. 더구나 자살이었지. 스스로 목숨을 끊었다고. 그게 어떤 기분일지 생각해 보란 말이야!"

쏟아 낼 만큼 쏟아 내자 미쓰루는 갑자기 목소리를 가다

듣고 "이상."이라고 중얼거리더니 책상으로 돌아앉았다. 그 얼굴은 다시 내게 돌려지지 않았고 문제집 위에서 움직이는 샤프펜슬이 멈추지도 않았다.

나는 그 자리에 한동안, 마치 삼진 아웃을 당한 타자처럼 꼼짝 않고 서 있다가 가까스로 발길을 돌려 터벅터벅 내 방으로 돌아왔다.

그날 밤은 좀처럼 잠이 오지 않았다.

아빠의 이야기. 미쓰루의 이야기. 계속 늘어나는 돌이킬 수 없는 일들. 호스트 패밀리를 속이는 것에 대해 갑자기 밀려드는 죄책감. 그런 모든 것들이 나를 괴롭혔다.

대역을 감당하기에는 너무도 짐이 무거운 하루였다.

나는 원통해서 견딜 수가 없었다. 이렇게 안타까웠던 적은 없었다.

오늘 아빠가 한 말은 진짜 마코토가 들어야 했다.

죽은 마코토에게 미쓰루의 목소리를 들려주고 싶다…….

풀빛 베개에 얼굴을 묻고 나만 아는 원통함을 씹어 삼키다 보니 콧날이 시큰해지고, 뜨뜻미지근한 것이 뺨을 타고 내렸다.

천장에서 반가운 목소리가 내려온 건 바로 그때였다.

"우는 거야?"

오랜만에 보는 프라프라. 하지만 지금은 혼자 있고 싶었다.

"내가 우는 거 아냐."

중얼거리고는 곧장 이불 속으로 파고들었다.

"마코토의 눈물이라고."

12

내 안에 있던 고바야시 집안의 이미지가 조금씩 색조를
바꾸어 갔다.

그것은 검정이라고 생각했던 것이 하양이었다거나 하는
단순한 변화가 아니라, 단 한 가지 색이라고 여겼던 것이 자
세히 보니 온갖 색을 감추고 있었다는 느낌에 가까웠다.

검정도 있고 하양도 있다.

빨강도 파랑도 노랑도 있다.

밝은 색도 어두운 색도.

예쁜 색도 추한 색도.

보는 각도에 따라 어떤 색이든 될 수 있었다.

강에 다녀온 이후로 나는 아빠를 피하지 않았다. 워낙 둘
다 말수가 많은 편이 아니었기 때문에 갑자기 대화가 늘어

난 건 아니지만 예사롭게 이야기를 주고받게 됐다. 미쓰루와는 여전히 아옹다옹했지만 그 밉살스러운 말투에도 전만큼 화가 나지 않았다. 그리고 생각해 보면 미쓰루와의 싸움은 그 자체로 꽤 스트레스 발산이 됐다.

이렇게 나는 가까스로 호스트 패밀리에 조금씩 정이 들어 갔지만 엄마의 불륜에 대한 생리적인 혐오감만은 어쩔 수 없이 해결되지 않는 장해로 남아 있었다.

물론 누구에게나 실수는 있다. 나도 전생의 실수로 여기에 있는 것이고, 지나간 과거의 일을 끈질기게 물고 늘어지는 것도 비루하다.

머리로는 그렇게 이해하면서도 막상 엄마를 보면 역시나 태도가 까칠해진다. 도대체 그렇게 사람 좋은 아빠를, 속이기도 쉬워 보이는 아빠를 속이다니, 너무 쉽고 뻔해서 비겁하다는 생각마저 들었다. 엄마도 그 편지가 헛수고로 끝난 뒤로는 이제 더는 손쓸 방법이 없는지 멀찍이서 가만히 나를 살피는 느낌이다.

그러나 골치 아프게도, 이런 상황에 우리에겐 지금 당장 이야기해야 할 문제가 있었다.

고교 입시 문제다.

내가 고바야시 집안에서 어물어물하는 사이에도 어김없이 입시일은 성큼성큼 다가오고 있었고, 우리는 아직 지원할 학교를 최종적으로 결정하지 못한 채였다. "공립만 시험

볼 거야."라는 내게 "1지망은 공립으로 해도 좋지만, 만일을 대비해서 사립도 응시해."라는 부모. 거기에 미쓰루까지 "의대는 장학생으로 갈 테니 넌 사립에 지원해."라고 나서기 시작해서 쉽게 매듭지어지지 않았다.

물론 내 성적으로는 모두들 걱정하는 것도 무리가 아니었고 집안에 고입 재수생을 만들고 싶지 않은 마음도 모르는 바는 아니다. 하지만 내 입장에서 보면 아무리 생각해도 단지 5개월 다니자고 사립에 거금을 쏟아붓는 것은 어리석은 짓이었다.

이렇게 복잡하고 까다로운 상황에서 나는 지금까지 부모와 얘기하는 걸 거절해 왔지만 이젠 더는 미룰 수 없게 됐다.

교사와 보호자와 수험생. 이 짜증스러운 한 팀이 최종적으로 지원할 학교를 확인해야 할 날이 다가온 것이다.

"으음, 좀 늦어졌지만 다음 주부터 시작되는 삼자 면담 일정이 정해졌다. 어쨌든 이게 마지막 면담이니, 반드시 모두 보호자를 모시고 오도록."

담임이 삼자 면담 일정을 발표한 건 12월 14일 종례 시간. 2학기 말 시험을 사흘 앞두고, 겨울 방학을 열흘 앞둔 월요일이었다.

"면담 시간은 한 사람당 15분. 이 시간이 길지 짧을지는 너희들 상황에 달렸다. 일정은 일단 출석 번호 순으로 짰지만, 사흘이니까 보호자의 사정이 여의치 않은 경우엔 미리 말해라. 그럼, 한 사람씩 부를 테니까 나와서 받아 가."

교실을 둘러보면서 담임이 큰 소리로 이름을 불러 나갔다.

내가 받은 안내문에는 '둘째 날 5시 반부터 5시 45분까지'라고 그 부분만 손글씨로 적혀 있었다. 아마도 괴로운 15분이 되겠지만 그건 상관없다.

신경이 쓰이는 건 안내문을 나눠 줄 때 담임이 수수께끼 같은 말을 했기 때문이다.

"아, 마코토 어머니하고는 얘기 많이 했는데."

입가에 살짝 웃음을 띠고 담임은 분명히 그렇게 말했다. 그리고 어리둥절해하는 내 얼굴을 보고 갑자기 말을 돌렸다.

"아참, 아마노 선생님이 너한테 전해 달라더라."

"아마노 선생님이요?"

"방과 후에 좀 들르라고. 주실 게 있대."

"예에."

뭐지. 나는 고개를 갸웃거렸다.

아마노 선생님은 미술부 담당으로 붓과 목탄이 입을 대신하는 듯한 말수 적은 할아버지 선생님이지만, 어쩌다 던지는 충고가 하도 예리해서 은근히 믿음이 갔다. 미술부에 나가지 않게 된 뒤로 얼굴을 보지 못했는데, 뭘 주겠다는 거지?

궁금히 여기면서 방과 후, 나는 미술실 옆에 있는 미술 준비실을 찾아갔다. 아마노 선생님은 대개 그곳에 있다. 그러나 이날은 아무리 노크를 해도 대답이 없었고, 안에서도 인기척이 나지 않았다. 교무실에 있는 건가.

나는 하는 수 없이 돌아섰다.

하지만 다시 뒤돌아섰다. 미련을 떨치지 못하고…….

발끝이 한 바퀴를 돌아 다시 미술실 쪽을 가리켰다.

코를 간질이는 유화 물감 냄새에 몸이 근질근질했다. 이끌리듯 준비실을 지나쳐 그리운 미술실 앞에 서자 흐릿한 유리창 너머는 어두컴컴했고 부원들의 기척은 없었다. 아참, 시험 전은 부서 활동이 금지돼 있지. 그런 생각이 들자 마음이 홀쩍 가벼워졌다.

나는 당당하게 미술실 문을 열었다.

순간, 가슴이 철렁 내려앉았다. 아무도 없어야 할 그곳에 기묘한 광경이 펼쳐져 있었다.

두꺼운 커튼에 가로막혀 벽돌색 햇빛도 들어오지 않는 미술실. 그 휑하고 살풍경한 교실 한가운데에 이젤이 하나, 딱 하나만이 우뚝 서 있고, 캔버스가 하나 올라가 있다. 온통 파랑인 것만 봐도 바로 알 수 있었다. 내 그림이다. 마코토가 그리기 시작해서 내가 이어서 그리고 있는 그림. 입시가 끝나면 정성을 다해 마무리할 생각이었다.

그 파란 그림 앞에 조그만 사람의 형체가 멈춰 서 있었다.

사람의 형체가 발하는 거무스름한 악의의 원천은 오른손에 쥐고 있는 유화 물감이었다.

　뚜껑 없는 유화 물감 튜브. 그 끝에서 내비치는 윤기 나는 칠흑. 그 검정으로 나와 마코토의 파란 그림을 칠해 없애려는 듯이 서서히 오른손을 캔버스로 뻗어 가는 그 옆얼굴은—.

　"히로카?"

　말도 안 돼, 하고 생각하면서 불렀다.

　사람의 형체가 움찔하고 돌아봤다.

　역시 히로카다. 유화 물감을 캔버스에 향한 채, 희미하게 증오가 깃든 눈동자로 나를 뚫어져라 보았다.

　"왜……."

　왜 히로카가 내 그림을?

　묻고 싶지만 목소리가 나오지 않았다. 히로카의 눈빛이 너무도 어두워서 나는 갑자기 슬퍼졌다.

　땅거미가 내리는 미술실에서 히로카는 이때, 분명 겁먹은 모습이었다. 무엇에 대해서인지 알 수 없는 분노와 악의를 내뿜으며, 그런 자기 자신에게 겁을 먹고 있었다.

　"괜찮아."

　나는 어느새 속삭이고 있었다.

　"그 그림, 너한테 줄게. 그러니까 너 하고 싶은 대로 해도 돼."

그 순간, 그동안 나를 갈팡질팡하게 만들었던 요염한 생명체가 별안간 연약하고 의지할 데 없는 여자아이로 바뀌었다. 히로카는 갑자기 맥이 풀렸는지 눈을 감았다. 아무런 징조도 없이 느닷없이 그 눈에서 굵은 눈물방울이 떨어졌다. 동시에 그 애가 쥐고 있던 튜브 끝에서도 뚝 하고 물감이 떨어졌다. 바닥으로―.

"이상해. 히로카, 이상해. 미쳤나 봐……."

물감 튜브를 이젤에 올려놓고 히로카는 불에 덴 듯이 갑작스레 울음을 터뜨렸다.

"히로카, 예쁜 걸 좋아하는데, 무지무지 좋아하는데, 근데 망가뜨리고 싶을 때가 있어. 히로카의 손으로 마구마구 망가뜨리고 싶어. 이상해, 히로카, 이상해."

나는 히로카에게 다가가 떨고 있는 어깨에 손을 얹었다.

"그러고 싶을 때가 있어. 너만 그런 게 아냐."

"히로카, 이상해. 머리가 이상해. 미친 거야. 다들 그렇대."

눈물로 범벅된 얼굴을 내 가슴에 묻는 히로카에게, "누구나 다 이상해." 하고 나는 요 몇 달 동안 느꼈던 걸 말했다.

"이 세상에도 저 세상에도, 인간도 천사도 다 이상한 게 정상이야. 머리가 이상하고, 미쳐 있는 게 정상이라고."

"히로카만 그런 게 아냐?"

"너만 그런 게 아냐."

내가 고개를 크게 끄덕이자 히로카는 한층 더 격렬히 울었다.

"가끔씩 무서울 정도로 잔인해지는데, 히로카만 그런 게 아냐?"

"너만 그런 게 아냐."

"누군가를 실컷 상처 주고 싶은데, 히로카만 그런 게 아냐?"

"너만 그런 게 아냐."

"무지무지 상냥한 히로카와, 무지무지 못된 히로카가 있어."

"다들 그래. 여러 가지 물감을 가지고 있어. 예쁜 색도, 추한 색도."

네가 가진 밝은 색이 언제나 마코토의 어두운 나날을 비춰 줬어. 그렇게 말해 줄 수 없는 게 안타까웠다.

사람은 부지불식중에 누군가를 구하기도 하고 괴롭히기도 한다.

이 세상이 너무나도 컬러풀하기 때문에 우리는 늘 헤맨다.

어느 것이 진짜 색깔인지 몰라서.

어느 것이 자신의 색깔인지 몰라서.

"사흘에 한 번은 남자와 자고 싶지만, 일주일에 한 번은 수녀원에 들어가고 싶어. 열흘에 한 번은 새 옷을 사고 싶고, 20일에 한 번은 액세서리도 사고 싶어. 소고기는 날마다 먹고 싶고, 오래 살고 싶으면서도 하루 걸러 한 번은 죽고 싶어. 히로카, 진짜 이상하지 않아?"

불안스럽게 확인하려는 히로카에게, "지극히 보통이야. 너무 평범할 정도야." 하고 나는 강하게 단언하고 나서 작은 소리로 덧붙였다.

"하지만, 죽지는 마."

어느 정도 예상은 했지만, 울만큼 울고 난 히로카는 천연덕스럽게 평소 모습으로 돌아가 "아, 데이트에 늦겠다." 하면서 서둘러 돌아갔다.

"히로카는 저 그림, 받을 수 없어. 엉망으로 망가뜨릴 게 분명해. 그래도 그림을 마무리해. 영원히 잘 가지고 있어줘."라고 웃는 얼굴을 내게 남기고.

울고, 웃고, 괴로워하고, 괴롭히고, 눈이 핑핑 돌 정도로 다채로운 소녀. 여자로서의 관심보다는 수수께끼 같은 생물로서의 호기심이 높아졌다. 그 애의 앞날을 제한된 시간밖에 볼 수 없는 것이 유감스러웠다.

그렇게 미술실에서 오랜 시간을 보내고 교무실로 가 보니 아마노 선생님은 그곳에 있었다.

"아, 마코토. 늦었구나."

아마노 선생님은 나에게 큼지막한 서류 봉투를 내밀며 평소의 쉰 목소리로 말했다.

"이거, 어머니가 부탁하신 그거다."

그거?

"삼자 면담 때 담임 선생님이 전해 주시기로 했는데, 이런 건 빨리 받는 게 좋을 것 같아서 말이다."

이런 거?

아마노 선생님이 말하는 그것이라는 게 뭔지 전혀 감을 잡지 못한 채 나는 봉투를 받아 들었다. 얄팍해서 한 손으로 들자 맥없이 구부러졌다.

"음, 공부도 힘들 테지만 시험 끝나거든 다시 미술부에 얼굴 좀 내밀어라. 네가 없으니 도무지 미술부 같지가 않아."

멋쩍은 듯이 눈을 내리깔고 말하는 선생님에게 나도 멋쩍게 고개를 끄덕이고는, 인사를 하고 교무실을 나왔다.

잰걸음으로 교실에 돌아와 곧바로 봉투를 열어 봤다.

그 안에는 의외의 것이 들어 있었다.

13

그날 저녁 식사 시간. 내가 봉투를 들고 계단을 내려가자 거실에는 드물게 가족이 모두 모여 있었다.

아빠. 엄마. 미쓰루. 셋의 얼굴에는 긴장의 빛이 역력했다.

"실은, 너한테 긴히 할 말이 있어."

일제히 나를 돌아본 세 사람을 대표하듯 엄마가 말했다.

나는 고개를 끄덕이면서 말했다.

"응, 나도 할 말 있어."

그리고 천천히 봉투를 내밀었다.

"이거, 미술부 선생님이 주던데."

엄마의 낯빛이 변했다. 아빠도 미쓰루도 놀란 듯이 얼굴을 마주 봤다. 역시 나만 빼고 모두 알고 있었다.

나는 봉투를 엄마에게 주고 미쓰루 옆에 앉았다. 상 위에서 양배추롤 냄새가 물씬 풍겨 온다. 눈앞에서 김이 나는 그것이 식어 가는데 아무도 젓가락조차 들려고 하지 않는다.

　"쓸데없는 짓을 한 거라면 미안해."

　침묵을 깬 건 엄마였다.

　"고등학교 문제는, 이제 아빠도 엄마도 네 뜻에 맡길 생각이야. 다만, 마지막으로 이런 가능성도 있다고……. 시험에 합격하고 못 하고의 문제가 아니라, 입학해서 네가 즐겁게 다닐 수 있는 가능성을 우리 나름대로 생각해 봤어."

　"알아." 하고 나는 말했다.

　"알아, 그 정도는."

　봉투를 열어 본 순간부터 이것이 그녀의 호의라는 건 알고 있었다.

　봉투에 들어 있던 몇 장의 종이는 모 사립 고등학교의 자료를 복사한 것이었다. 나도 들어 본 적이 있는, 일반 학교와는 조금 다른 고등학교로 미술과 음악 전공 학과가 있고 보통 학과도 수업은 모두 학점 선택제. 내가 열심히 읽은 바로는 이 학교 미술과에 들어가면, 한 주에 최대 열여섯 시간이나 미술 수업을 선택할 수 있다.

　물론 시설도 완벽했다. 사진으로 본 미술실은 마치 초원처럼 널찍했고 그 뒤쪽에 데생용 석고상이 양 떼처럼 와그작거렸다. 미술과 교사진도 모두 미대에서 스카우트해 온

유명한 선생님들이거나 파리나 뉴욕의 아트 스쿨에서 교편을 잡았던 사람들. 게다가 한 주에 한 번은 현재 여러 분야에서 활발히 활동 중인 예술가들을 초청하여 강당에서 강연회를 열고 있을 정도로 신경을 쓴다는 것이다. 예술 대학 진학률도 높고, 대신 당연히 입학금과 수업료는 터무니없이 비쌌다.

"이런 학교가 있다는 걸 미쓰루가 알려 줬어. 여기라면 마코토도 즐겁게 다닐 거라면서."

나와 눈이 마주치자 미쓰루는 말없이 외면했다.

"엄마는 그런 학교가 있는지 전혀 몰랐는데, 이야기를 듣고 보니까 너한테 딱 맞을 것 같아서……. 그래서 먼저 담임 선생님께 전화해 봤어."

담임은 이 학교의 미술과에 대해 '경쟁률은 높지만 예상 합격점은 그렇게 높지 않다'고 설명해 준 모양이다. 미술과에서는 학과 시험 이외에 실기 시험도 있는데, 실기를 꽤 중요시하기 때문에 나에게도 기회가 있다는 것이었다.

"그래서 엄마가 그제 일부러 그 고등학교에 견학까지 하고 왔다."

아빠가 끼어들자 엄마는 수줍게 바닥을 보며 말했다.

"변두리이긴 하지만 그래도 도쿄니까 집에서 통학할 수 있는지 확인해 보려고. 그리고 혹 네가 기대했다 실망할 수도 있을 것 같아서. 실제로 가 보니까 통학하지 못할 거리는 아니었어. 버스와 전철로 한 시간 정도. 학교는 역에서 좀 거리가 있긴 하지만, 그 대신 조용하고 나무도 많고 좋은 곳이더구나.”

거기까지 말하고 엄마는 잠시 자리에서 일어나 그 학교의 팸플릿을 들고 왔다. 받아 드니 묵직했다. 컬러 사진이 가득 실린 화려하고 고급스러운 팸플릿이었다. 표지에는 근대적인 은회색 학교 건물 사진이 실려 있었다.

“어때, 멋진 곳이지?”

찬찬히 들여다보는 내게 엄마가 물었다.

“다만, 내부에서 만든 책자라 좋은 점만 실려 있게 마련이어서……. 그런 건 엄마가 이것저것 많이 배우러 다녀 봐서 잘 알거든. 외부 자료가 있으면 보고 싶다고 담임 선생님께 부탁했어. 그랬더니 담임 선생님이 미술부 선생님께 부탁해 주셔서…….”

그리고 오늘 내 손에 직접 그것이 들어온 건가.

“숨길 생각은 없었어. 너한테는 아빠하고 미쓰루도 있는 자리에서 오늘 천천히 얘기할 생각이었어.”

아까부터 엄마는 자꾸만 변명조로 말했다. 어쩌면 내가 표정이 굳어 있는지도 모르지만, 딱히 화가 난 건 아니었다.

엄마. 아빠. 미쓰루. 담임. 아마노 선생님. 모두 내가 모르는 틈에 그런 얘기를 해 왔다는 걸 생각하니 왠지 당황스럽고, 어떻게 반응해야 할지 모르겠고, 좀 더 솔직히 말하면 이상하게 마음이 흔들렸다.

"이 학교에 가, 마코토."

미쓰루가 나를 똑바로 쳐다봤다.

"넌 멍청한 데다 행동도 굼뜨고, 구제불능일 정도로 겁쟁이지만, 옛날부터 그림 하나는 잘 그렸어. 이 학교에서 좋아하는 그림 그리면서 살아."

"돈 걱정은 하지 마라." 하며 아빠도 나를 봤다. "아빠가 전에 공립에 시험 치라고 했다만, 그건 특별히 돈 때문만은 아니었어. 네가 하도 멍하니 무기력하게 사는 것 같기에 뭔가 목표가 있으면 좀 낫지 않을까 싶어서 그랬다. 뭐랄까, 목표를 향해 가는 네 모습을 보고 싶었던 거지. 그러나 이왕이면 좋아하는 쪽으로 목표를 삼는 게 좋지."

"담임 선생님께 들었어. 미술부 선생님이 네 그림을 칭찬하셨다고." 하고 마지막으로 엄마도 나를 바라봤다.

"테크닉이 좋고 나쁘고를 떠나서 네 그림에는 팬이 많다고 하셨어. 사람을 잡아끄는 좋은 그림을 그린다고……. 엄마는 그 말을 듣고 찔끔 눈물이 나더라."

지금도 눈물을 글썽거린다.

셋의 시선을 한 몸에 받으며 이때만큼 내가 가슴속으로 강하게 외친 적은 없었다.

마코토. 역시 넌, 너무 서둘렀어.

모든 게 너무 늦었던 게 아니야.

네가 너무 서두른 거야…….

"고마워요."

두근거리는 가슴으로 중얼거리고, 다시 팸플릿 표지에 시선을 떨어뜨렸다.

푸른 나무에 둘러싸인 교정. 세련된 교복 차림으로 통학하는 학생들의 웃는 얼굴. 그 뒤로 우뚝 솟은, 마치 올림픽 경기장 같은 거대한 교사.

"아마노 선생님한테 자료를 받아 보고 굉장히 놀랐어. 이런 학교가 있는 건 알았지만 갈 수 없을 거 같아서 조사도 안 해 봤고, 또 이렇게 좋은 곳인 줄도 몰랐어. 자료를 읽으면서 가슴이 마구 뛰었어. 알면 알수록 굉장하다는 생각이 들었어. 이런 낙원 같은 데 다니면 얼마나 좋을까, 생각했어."

하지만, 하고 나는 말했다.

"하지만 그냥 공립에 갈게."

"왜?"

"어째서?"

"너, 어쩔 셈이야."

동시에 목소리를 높인 세 사람에게 나는 웃어 보였다.

"약속했거든. 사오토메하고 같은 고등학교에 가기로."

"사오토메?"

"같은 반 친구."

"너, 그까짓 걸로 고등학교를 정해 버릴 거야?"

"그까짓 거지만, 나한테는 중요해."

성난 미쓰루에게 나는 말했다.

"내 첫 친구야."

목 안이 뜨거워지더니 한심하게도 눈물이 나왔다.

"처음으로 사귄 친구라고!"

눈물 어린 시야에 들어오는 팸플릿 표지가 점점 흐릿하게 사라져 갔다. 보잘것없다고 비웃어도, 나에게는 지금 2180엔짜리 스니커즈를 살 수 있는 가게를 가르쳐 준 사오토메가 이 세상에서 가장 귀한 존재다.

"사실은 두려웠던 것 같아. 시험이 싫었다기보다는 고등학교 생활에 자신이 없었어……."

마음이 심하게 흔들렸지만 그래도 나는 있는 힘을 다해 말하려고 했다.

"중학교에서는 실패했어. 아마 출발 속도가 뒤처져서 그랬을 거야. 다른 애들하고 같이 내딛지 못했어. 첫걸음이 늦으니까 계속 어긋나서 움직일 수 없게 돼 버렸어. 반 애들이 멀어지면 멀어질수록 몸이 굳어져서 점점 더 걸을 수 없었어."

맞다, 아마 그랬을 거다…….

뒤처졌던 마코토의 고독을 생각하자 한층 더 목이 메었다.

"하지만, 개중에는 사오토메처럼 멈춰 서서 돌아봐 주는 애도 있었어. 내가 단순한지 모르겠지만 너무 좋아서 갑자기 힘이 나고……. 사오토메랑 친구가 됐으니까 어쩌면 다른 애들하고도 친구가 될 수 있을지도 몰라. 하나씩, 조금씩 늘어날지도 몰라. 어쩐지 고등학교에서는 잘 지낼 것 같은 기분이 들어. 첫걸음이 좀 늦어도 이번에는 초조해하지 않고 만회할 수 있을 것 같아. 많은 친구들이랑 같이 떠들어 대면서 학교에 가고, 하굣길에 여기저기 들르기도 하고……. 내가 고등학교에서 하고 싶은 건 그런 말도 안 되게 평범한 일들이야."

그런 말도 안 되게 평범한 고등학교 생활을 진짜 마코토에게 하게 해 주고 싶었다. 고인 눈물이 떨어지지 않도록 안간힘을 쓰면서 나는 진심으로 그렇게 생각했다.

마코토의 고독.

마코토의 불안.

마코토의 바람.

내가 가장 잘 알고 있다.

"그래도……, 정말 괜찮겠냐? 네가 좋아하는 미술에 몰두할 수 있는 기회인데."

몸을 쑥 내밀고 확인하는 아빠에게 나는 확실하게 고개를 끄덕여 보였다.

"고등학교에 들어가서도 미술부는 계속할 거야. 하지만

지금은 단지 그림이 좋아서 그릴 뿐, 그 방면으로 나간다든가, 전공으로 한다든가, 아직은 거기까지 생각하고 있는 건 아냐."

일부러 학교에 다녀온 엄마에게는 미안하지만, 내게 아직 먼 미래가 남겨져 있다고 친다면, 미술을 전문적으로 배우는 건 대학에 가서도 늦지 않을 것이다.

내 이야기가 끝나자 거실은 물을 끼얹은 듯 조용했다. 들리는 건 덜커덩덜커덩 창문을 흔드는 바람 소리와 째깍째깍 시간을 새기는 시계 소리뿐. 아빠도, 엄마도, 미쓰루도, 말없이 그저 내 얼굴만 뚫어지게 바라보았다. 말하지 않아도 그 조용한 눈길만으로도 모두가 내 결심을 인정해 주고 있다는 것을 알 수 있었다.

"아, 배고프다."

먼저 입을 연 건 미쓰루였다.

"그래, 먹자. 오늘은 다 같이 한잔할까?"

아빠는 그렇게 말하고, 그렇잖아도 웃는 얼굴에 웃음이 가득 퍼졌다.

"마코토도 한잔 마셔라. 너도 이제 어른이야."

이리하여 고등학교 원서 내는 문제는 해결. 나는 내 희망대로 공립에 가기로 했고, 대신 만일의 경우를 대비해서 사립도 시험을 쳐 두기로 이야기가 마무리됐다. 고등학교 입시 문제야 어찌 됐든 가족들은 내가 처음으로 속마음을 털어놓았다는 것을 더 기뻐하는 것 같았다.

하지만 그건 물론 내 느낌이지 진짜 마코토의 속마음은 아니다. 기껏해야 내가 상상한 마코토의 기분에 지나지 않는다. 그리고 그 세 사람의 애정도 사실은 모두 마코토를 향한 것이지 내 것은 아니다.

정말 이래도 되는 건가.

뭉게뭉게 의문이 피어오른 것은, 아빠의 저녁 반주에 잠시 함께하고 나서 공부하려고 방에 돌아왔을 때였다.

아빠. 엄마. 미쓰루. 호스트 패밀리와의 관계가 호전되면 될수록 나는 왠지 양심의 가책을 느꼈다. 마코토 대신 고등학교에 다니고 싶고, 친구도 사귀고 싶고, 그림도 그리고 싶은 의욕이 높아지면 높아지는 만큼 진짜 마코토에게 미안한 마음도 들었다. 누군가의 인생을 다른 사람이 다시 산다는 건 안 될 말이니까.

무엇보다 내가 나인 이상, 이 고바야시 집안에 진정한 해피엔딩은 오지 않는다. 내가 불러올 수 있는 건 가짜의, 대역의 행복뿐. 더구나 유효 기간이 정해진 덧없는 행복…….

그런 식으로 생각하기 시작하자 공부도 손에 잡히지 않고 도무지 잠도 오지 않았다.

오전 0시. 이런 어중간한 시간은 싫다.

기분 전환 삼아 커피라도 마실까 하고 부엌으로 내려

갔다.

거실 앞을 지나가는데 장지문 너머에 아직 불이 켜져 있었다. 무심코 문틈으로 들여다보니 좌탁 앞에 엄마가 등을 보이고 앉아 있었다.

"아."

내 기척을 알아차리고 엄마는 당황해하며 좌탁 위에 있던 뭔가를 무릎 위로 숨겼다.

"마코토, 지금까지 공부했니?"

커닝하다 들킨 여학생처럼 허둥거렸다.

어쩐지 수상했다. 뭐 내가 상관할 바는 아니지, 하고 관심 끄고 그대로 지나쳤다. 그러다 문득 생각을 고쳐먹고 한 발짝 되돌아가서 얼굴만 거실로 들이밀었다.

"미안해."

"응?"

"힘들게 먼 데까지 가서 팸플릿 받아다 줬는데."

엄마는 순간 멍하니 있더니 이내 "괜찮아." 하고 미소 지었다. 안개가 싹 걷힌 듯한 미소였다.

"이번엔 엄마가 너무 의욕을 앞세웠어. 네가 그렇게 야무진 생각을 하는 줄 꿈에도 몰랐다. 아무튼 쓸데없는 짓 해서 엄마가 오히려 미안해."

나는 억지웃음을 지으면서 걸음을 뗐다.

그때 "잠깐만." 하고 엄마가 나를 불러 세웠다.

"잠깐 이리 들어올래?"

거실로 들어가 엄마 옆에 서자, 엄마는 무릎 위에 감추어 둔 것을 머뭇머뭇 탁자 위에 도로 올려놓았다.

그건, 흑백의 얇은 팸플릿 비슷한 것이었다. 표지에는 '당신도 할 수 있습니다! 쉽고 재미있는 손가락 인형극!'이라고 쓰여 있었다.

'쉽고 재미있는 손가락 인형극?'

"아, 이거……, 엄마 아는 사람 부인이 운영하는 손가락 인형극단의 안내 책자야."

엄마가 엄청 미안하다는 듯이 설명을 시작했다.

"한 달에 한 번 자원봉사로 양로원에 다닌다는데, 요전에 함께 가지 않겠느냐고 엄마한테 물어 오기에……. 물론 처음엔 거절했지. 이제 막 너희들 엄마로서 제대로 살아 보려고 마음먹은 데다, 지금은 너도 시험 앞두고 있어서 어려운 시기이기도 하고. 그런데 인원이 부족하다고 꼭 좀 같이 하자는 거야. 이렇게 팸플릿을 보고 있으니까 자꾸만 뭐랄까…… 뭐랄까 어쩌면 손가락 인형극이 나와 아주 잘 맞지 않을까 싶은 거야. 그런 생각이 드는 게 참 신기하지."

그렇게 당장 마음이 동하는 그녀가 훨씬 신기하다고 생각했지만 말해 주지는 않았다. 그저 어처구니가 없어서 잠자코 있었다.

"난 정말 왜 이러는지 모르겠다."

엄마도 그런 자신이 어처구니없는 모양이었다.

"엄마는, 사실은 아직도 마음속 깊은 곳에서 뭔가를 찾고 있는지도 몰라. 지금으로선 내가 무엇을 원하는지도 잘 모르겠어. 그런데도 뭔가를 찾는 걸 멈출 수가 없어. 정말 나도 이런 내가 싫어. 욕심이 많은 건지, 집념이 강한 건지……."

일단 반성은 하고 있는 것 같은데 진심으로 반성하는 것처럼 보이지 않는 점이 그녀의 약점이다.

"욕심이 많은 것도, 집념이 강한 것도 아니고."

나는 이 기회에 전부터 생각하던 것을 말해 줬다.

"단지 쉽게 싫증을 느낄 뿐이야."

"뭐?"

엄마는 그런 소린 처음 듣는다는 듯이 눈이 동그래졌다.

"엄마는 그렇게 생각해 본 적 없는데."

진짜로 놀라는 엄마를 보고 있자니 이 사람은 때 묻은 어른이라기보다는 오히려 분별력도 의지도 없는 어린아이 같은 사람이 아닐까 싶었다. 이 엉뚱한 캐릭터를 지금 당장 이해하기도 어렵거니와 그녀와 플라멩코 강사의 관계를 리얼하게 상상했을 때의 혐오감은 당분간 씻을 수 없을 것 같다.

하지만 만일 나에게 좀 더 시간이 있다면.

1년, 3년, 5년, 그렇게 시간을 쌓아 갈 수 있다면…….

아니다. 아무튼, 그건 역시 내 역할이 아니다.

요즘 들어 자주 머릿속을 스치고 지나가는 생각—도무
지 결단을 내릴 수 없던 그것을 마침내 결심한 건 바로 이
때였다.

"손가락 인형, 괜찮을 것 같은데."

거실을 나오기 전에 나는 무심코 한마디 툭 던졌다.

"근데, 도중에 그만둬서 남한테 피해는 주지 마."

"그래. 그럼 엄마, 해도 될까?"

"나하고는 별로 상관없는 일이야. 아빠는 당신의 그런 점
을 좋아하는 것 같던데."

금세 눈빛을 반짝거리는 엄마에게 나는 다짐을 두는 것
도 잊지 않았다.

"이제 속이지 마, 그런 사람."

그래야지, 엄마는 얌전히 고개를 끄덕였다.

"하지만, 아빠도 옛날에는 엄마 많이 속상하게 했어."

"뭐?"

"너희들이 태어나기 전 일이지만, 엄마는 바람난 상대 여
자한테 아빠하고 헤어져 달라고 강요받은 게 세 번이야."

"……."

내가 맥이 빠져 방으로 돌아온 건 두말할 필요도 없다.

"프라프라."

커피도 타지 않고 방에 돌아온 나는 곧장 침대에 걸터앉

아 천장에 대고 불렀다.

"나와 줘. 중요한 얘기가 있어."

프라프라는 반드시 나온다. 왠지 그러리라는 기분이 들었다.

"중요한 얘기라니?"

예감 적중. 책상에 걸터앉은 자세로 프라프라가 불쑥 나타났다. 오늘도 황갈색 양복이 멋져 보였다.

"꽤 오랜만인데."

천사인지 악마인지 분간이 안 가는 프라프라에게 나는 빈정대며 말했다.

"조금만 더 있었으면 얼굴 잊어버릴 뻔했어."

"안내할 필요가 없어진 것뿐이야."

프라프라는 태연한 얼굴로 되받았다.

"그만큼 네가 홈스테이 가정에 적응했다는 거야. 좋은 일인 거지. 나는 네 앞머리 상담에나 응하려고 있는 게 아니거든."

"진지한 상담이라면 들어 줄 거야?"

"내용에 따라서."

"이 집 사람들에게 진짜 마코토를 돌려주고 싶어."

나는 냉정하게 말했다. 더는 마음이 흔들리지 않았다.

"마코토에게 그 사람들을 돌려주고 싶다고."

조금 섭섭했지만 이 방법 외에 진짜 해피엔딩은 있을 수 없기 때문에 어쩔 수 없다.

"슬슬 말이 나올 때가 됐다고 생각했지."

프라프라는 흐흥 하고 입꼬리를 올렸다. 그러고는 별안간 긴장된 표정으로 이렇게 말했다.

"고바야시 마코토의 영혼을 다시 불러오는 방법이 없는 건 아니야. 요즘 너는 상당히 잘하고 있고, 우리 보스도 기분이 아주 좋아. 아무래도 융통성이 있는 세계니까 특별히 부탁을 들어줄지도 모르지. 단, 문제가 하나 있다."

"문제라니?"

"너다."

"나?"

"네가 방해가 돼."

프라프라는 가볍게 말을 던졌다.

"마코토의 영혼이 그 몸에 되돌아오기 위해서는 먼저 너의 영혼이 거기서 빠져나가야 해. 너의 영혼이 거기서 빠져나가려면 전생에서 저지른 잘못을 생각해 내야 되고."

나는 '아!' 하고 입을 벌렸다.

전생에서 저지른 잘못. 그래그래, 분명 그런 규칙이 있었지.

"잊고 있었지?"

프라프라가 눈을 부릅뜨고 나를 노려보았다.

"뭐, 좋아. 대신 지금부터 생각해 내. 전생에서 저지른 죄를 24시간 안에 정확히. 알겠어?"

"24시간 안에?"

"시간 내에 훌륭히 통과하면 내가 보스한테 전하지. 너는 무사히 윤회 사이클로 돌아가고 그 몸에는 고바야시 마코토의 영혼이 돌아오는 거야. 해피엔딩이지. 대신, 단 1분이라도 시간이 초과하면 두 번 다시 마코토의 영혼을 불러올 기회는 없다. 고생만 실컷 하고 끝나는 거지."

"잠깐." 하고 나는 동요하는 마음을 억누르고 말했다.

"물론 노력은 해 볼게. 해 보겠지만…… 근데 왜 24시간이지?"

"숫자에 특별한 의미는 없다. 다만 시간제한이 있어야 스릴이 있기 때문이야."

"그 스릴은 누가 즐기나 모르겠네."

"그야 나와 우리 보스지."

"지옥에나 떨어져라."

큰 소리로 악담을 하고 나는 두 손으로 머리를 감싸 쥐었다.

흘끗 곁눈질해 보니, 머리맡의 시계는 12시 35분. 4개월 가까이 지나도 아직 단서 하나 못 찾았는데, 내일 이 시간까지 기억해 내야 하다니 안 될 게 뻔하다.

"그렇게 단정 짓지 말래도."

낙담하는 내게 프라프라는 묘한 미소를 남기고 사라

졌다.

"눈을 똑바로 떠. 잘 봐. 힌트는 곳곳에 있어."

힌트는 곳곳에—?

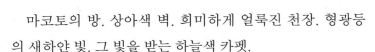

14

마코토의 방. 상아색 벽. 희미하게 얼룩진 천장. 형광등의 새하얀 빛. 그 빛을 받는 하늘색 카펫.

남쪽 벽에는 밖으로 난 창문과 책상. 책상 서랍을 열어봐도 힌트 같은 건 눈에 띄지 않는다. 맨 위 서랍은 문구류. 둘째 서랍은 노트류. 세 번째 서랍은 게임기와 잡동사니. 그리고 에로 잡지.

동쪽 벽에는 조그만 책장. 인기 만화책들과 나도 좋아하는 화가의 화집이 여러 권. 사전, 교과서, 참고서. 빛바랜 표지의 동화책도 한두 권 끼어 있다. 그리고 두툼한 앨범이 네권. 맨 왼쪽 앨범을 넘기자, 아직 웃는 얼굴인 천진난만한 어린 시절의 마코토가 있다. 조그맣고 의외로 귀엽다. 당시에는 땅꼬마로 계속 살아갈 운명인 걸 몰랐겠지.

북동쪽 모서리에는 원목 옷장. 안에 든 의류는 정확하게 나뉘어 있다. 맨 위 칸에는 좀 낡은 평상복. 밑으로 갈수록 새 옷에 가까워진다. 맨 아랫단에는 아직 가격표도 떼지 않은 새빨간 셔츠까지 숨어 있다. 이미지를 바꾸고 싶었으나 역시 너무 화려해서 겁이 났던 것일까…….

북쪽 벽을 차지하고 있는 건 침대. 그 밑에도 역시 비밀 부츠가 숨죽인 채 잠들어 있다. 영원히 신을 일이 없을 거라고 생각하면서도 버리지 못하는, 미련이 남는 물건이다. 이 비밀 부츠가 힌트일 가능성은…… 없겠지.

눈을 똑바로 떠. 잘 봐.

그래도 모르겠다. 힌트를 찾을 수가 없다.

아무것도 없는 서쪽에는 복도로 이어지는 문이 있다. 결국 이날 밤은 한숨도 못 잔 채로 이 문을 나가 다음 하루를 시작해야 할 처지가 됐다. 파르스름한 빛의 고리를 펼쳐 가는 일출을 이렇게 초조한 마음으로 맞이한 적은 없었다.

제한 시간까지 앞으로 약 열일곱 시간.

밤샘으로 나른해진 몸을 이끌고 계단을 내려가자, 부엌에서 구수한 된장국 냄새가 새어 나오고, 엄마가 "아, 잘 잤니?"하며 밝게 돌아봤다. 내 꺼칠한 얼굴과는 반대로 말끔하고 상큼하게 웃는 얼굴이다. 한 손으로 된장국을 저으면서 다른 한 손의 집게손가락을 하나, 둘, 하나, 둘 하며 구부렸다 폈다 하고 있다.

"호호호, 당장 시작했어. 손가락 인형극 연습."

확실히 파워풀한 여자이긴 하다. 나야 아무짝에도 소용없는 파워라고 생각하지만…… 하고 고개를 저으면서 화장실로 갔다.

용변. 세수. 옷 갈아입기. 아침 식사. 양치. 머리 손질. 이렇게 평소 하던 순서대로 다른 날보다 신중하게 하나하나 해 나갔다. 화장실 변기에서 칫솔모에 이르기까지 나는 찬찬히 꼼꼼하게 관찰했다. 연분홍색 비누도. 아침 식사 때 올라온 반질반질한 달걀말이도. 이제야 적당한 양을 쓰게 된 왁스의 성분까지.

그런데 모르겠다. 힌트를 못 찾겠다.

끝내 아무런 수확도 없이 집을 나서 학교로 향했다.

평소 20분 걸리는 길을 30분에 걸쳐서 천천히 걸었다. 그러나 익숙한 마을 풍경은 아무리 정신을 집중하고 봐도 역시나 그저 눈에 익은 마을 풍경에 지나지 않았다. 아침 바람은 살을 에는 듯 차가웠고, 하늘에는 묵직한 구름이 드리워 있어서 나를 일찌감치 절망적인 기분에 빠뜨렸다. 여기서도 아무런 수확이 없는 채로 학교에 도착해 버렸다.

제한 시간까지 앞으로 열다섯 시간 반.

1교시는 체육. 그것도 내가 싫어하는 축구였다. 시합 중에 체격 좋은 녀석이 밀고 들어오면 땅꼬마인 나는 지레 겁을 먹고 몸을 돌려 피해 버린다.

"마코토, 왜 맞서지 않는 거냐!"라고 이날도 담임에게 된통 호통을 들었다.

"좀도둑처럼 살금살금 도망치지 마라."

정통으로 바주카포를 맞은 듯한 충격이 온 건 바로 그때였다. 순간적으로 땅바닥이, 하늘이, 세계가 부서져 내 뇌리에 어떤 광경이 선명하게 떠올랐다. 수건으로 얼굴을 가린 채 덩굴무늬 보자기에 싼 보따리를 어깨에 짊어지고 어느 지붕 밑을 살금살금 걷고 있는 나. 맞아, 그랬어. 나는 운동장을 주먹으로 치면서 소리쳤다.

"나는 전생에 좀도둑이었어!"

그런 말도 안 되는 일이 있을 리 만무했고, 나는 그저 담임에게 실컷 호통만 듣다가 축구 시합을 마쳤다. 당연하다.

다른 수업도 마찬가지였다. 오늘이라고 무슨 특별한 일이 일어날 리도 없었고, 그저 이 지극히 평범한 하루의 일분 일초를 꼼꼼히 주름을 펴 나가듯 응시하는 게 내가 할 수 있는 전부였다.

하지만 힌트를 얻지 못한 채로 정신을 차리고 보니 벌써 점심 시간.

"오늘 좀 이상하다."

급식을 먹고 창가 자리에서 축 늘어져 있는 나를 보고 사오토메가 걱정스러운 듯 말을 걸어왔다.

"눈이 이상한데. 피곤하냐?"

"수면 부족."

핏발 선 내 눈을 보더니, "오, 열심이네. 밤새워 가며 공부하는 거야?" 하고 사오토메는 적당히 오해해 주었다.

"나도 열심히 해야겠는걸. 같이 합격해야지, 나만 떨어지면 쪽팔리잖아."

이런 소박한 말이 내게 주는 근질근질한 기쁨이나 작은 자신감을 생각하면 솔직히 나는 마코토의 몸을 넘겨주기 아깝다. 사오토메와 함께 고등학교에 다니고 싶다는 아쉬움에 그만 침울해지고 만다.

마코토에 대한 불안도 있었다. 무사히 이 몸으로 돌아온다 해도 마코토가 사오토메와 잘 지낼 수 있을까. 어렵게 사귄 친구를 소중히 여겨 줄까.

부디 잘 부탁한다, 하고 인계는 확실하게 할 생각이지만 마코토의 성격을 생각하면 아무래도 마음이 놓이지 않는다.

"사오토메, 저기 말이야."

나는 사오토메에게도 부탁해 두기로 했다.

"만약…… 만약에 말이야. 혹시 내가 내일 갑자기 어두워지고, 말도 잘 하지 않고, 가까이하기 어려웠던 예전의 나로 돌아가더라도, 당분간은 나를 버리지 말고 오래오래 지켜봐 줄 수 있겠냐?"

"뭐어?"

당연하지만 사오토메는 의아한 표정이었다.

"그게 뭔 소리야. 그럴 예정이냐?"

"아직은 잘 모르겠는데……. 뭐랄까, 난 아직 정서적으로 불안한 상태라 언제 어떻게 변할지 모르거든."

횡설수설 설명하자 사오토메는 "으음." 하고는 앞자리에 앉아 의자 등에 턱을 괴고 깊은 생각에 빠져들었다.

급식 당번이 사라진 교실은 조용했고, 남아 있는 건 우리 둘뿐이었다. 이 고요함과는 반대로 창밖으로 보이는 운동장은 떠들썩했다. 몇 개의 축구팀에, 그보다 더 많은 배구팀. 연한 먹빛 하늘 아래 무수한 공들이 하늘을 향해 일제히 날아오르고 있었다.

"초등학교 때 말이야……."

목소리가 들려 돌아보자 사오토메도 창밖으로 눈을 돌리고 있었다.

"나는 어렸을 때부터 비교적 아무하고나 잘 지내는 편이었는데, 딱 한 명 잘 어울리지 못한 애가 있었어. 같은 모둠이었는데, 그 애하고만 말을 잘 못 하겠는 거야. 둘이서만 있으면 조용해지니까 좀 어색해야지. 그리고 걔도 나랑 단둘이 있는 걸 피하는 눈치여서 나를 싫어하는 줄 알았거든. 그런데 언젠가 방과 후에, 다 같이 운동장에서 놀고 있는데 의외로 그 애랑 마음이 잘 맞더라. 아주 자연스럽게 얘기도 나눴고, 같이 낄낄거리기도 했어. 되게 기쁘더라고. 이제 꽤

찮아, 내일부터는 친하게 지낼 수 있어, 그렇게 생각했지. 근데, 다음 날 아침에 잔뜩 기대하고 학교에 갔더니, 그 애는 원래대로 날 거북해하고 있었어."

헤헤, 하고 사오토메는 메마른 웃음소리를 냈다.

"그때 난, 어린 마음에 생각했어. 오늘과 내일은 전혀 다르구나. 내일은 오늘의 연속이 아니구나, 라고."

나는 잠자코 고개를 끄덕였다. 동의라기보다 그때의 사오토메의 허탈함에 공감해서.

"만일 네가 내일 갑자기 본래의 너로 돌아가서, 내가 다가간 순간 이상하게 몸을 움츠린다면 아마 난 그때 같은 기분이 들 거야. 무지 마음 아프겠지."

하지만, 하고 사오토메는 말을 이었다.

"하지만 뭐, 일단 예고해 줬으니까 길게 보고 기다려 줄게."

그러고는 활짝 웃었다.

나는 가슴이 벅차올랐지만 고작 "땡큐."라고 한마디밖에 할 수 없었다.

5천 년 전도 5천 년 후도 아닌, 지금 이 시대에 사오토메를 만나서 다행이라고 생각했다.

그러나, 물론 내가 전생에서 저지른 잘못을 기억해 내지 못한다면 진짜 마코토는 이 몸으로 돌아오지 못하고, 사오토메에게 미리 양해를 구한 것도 소용없게 된다.

오후가 되면서 날씨가 점점 이상해졌고, 덩달아 내 초조함도 급속도로 극에 달했다. 양쪽 눈의 렌즈를 현미경처럼 활용하여 사소한 것까지도 신경을 곤두세우고 찾아봤지만 교내에는 힌트 비슷한 것도 없었다. 그렇다고 이대로 집에 돌아가 봐야 이미 이 잡듯이 찾아본 마코토네 집 안에서 힌트를 찾을 성싶지도 않았다.

이제 제한 시간까지 아홉 시간도 남지 않았다.

나는 이 넓은 학교에서 어떻게든 아주 작은 힌트라도 얻기 위해 방과 후에 그야말로 필사적으로 학교 안을 헤매고 다녔다.

시험을 앞둔 학교는 폐관 후의 영화관처럼 쥐 죽은 듯 고요했다. 그 고요한 공기를 먼 하늘에서 울리는 천둥소리가 뒤흔들어 놓았다. 마침내 빗소리가 천둥소리에 섞이기 시작했지만 나는 날씨에 신경 쓸 여유도 없이 오로지 걷다가 멈춰 서고, 멈춰 서서는 응시하고, 응시하고는 다시 걸으면서 뭔가를 계속 찾아다녔다.

체육관. 창고. 경비실. 회의실. 시청각실. 방송실. 남자 화장실. 살펴볼 만한 곳은 모조리 들여다봤다. 실과실. 가사 실습실. 과학실. 음악실. 이제 남은 곳은 딱 한 곳―. 짧은 시간이었지만 내 추억이 가득 쌓인 미술실.

힌트는 바로 여기에 있다. 사실은 속으로 그렇게 생각하고 있었다. 그래서 왠지 모르게 겁이 나 일부러 맨 나중으로 미뤄 뒀던 것이다.

복도 창문으로 비치는 번개 불빛을 받으며 나는 한 걸음 한 걸음 미술실을 향해 갔다. 연기가 피어오르는 듯한 교내의 어스레함이 내 불안을 한층 부추겼다. 마코토와 나를 지켜 준 저 교실에서 나는 힌트를 찾을 수 있을까. 만약 실패한다면 마코토의 영혼은 영원히 돌아올 기회가 없다.

꽈광! 어딘가에서 벼락 치는 소리가 난 것은 내가 미술실 문에 손을 댄 바로 그때였다.

순간 나는 발밑이 가라앉는 듯한 충격을 받았고, 다음 순간 깜깜한 미술실에서 "꺄아!" 하는 여자의 비명 소리가 들렸다.

누구지?

나는 놀라서 미술실에 뛰어 들어갔다. 두리번두리번 고개를 돌려봤지만 어둠에 싸여 아무것도 보이지 않았다. 불을 켜자 교탁 밑에 웅크리고 있는 여자의 형체가 보였다.

여자애는 갑작스러운 불빛에 눈을 깜박거리다 나를 보자 "아!" 하고 숨을 멈춘 채 눈 깜박임을 멈췄다.

"마코토……."

쇼코였다.

"어."

가슴이 미친 듯이 뛰기 시작했다.

그날 저녁 사건 이후, 쇼코와 제대로 얼굴을 마주하기는 처음이었다.

"뭐…… 뭐야, 뭐 하고 있어?"

더듬거리며 묻자 쇼코는 기어 들어가는 목소리로 답했다.

"목탄 데생."

"데생?"

"그런데 갑자기 천둥이…….”

쭈뼛쭈뼛 쇼코가 교탁 밑에서 얼굴을 들었다.

눈이 마주치자 우리는 동시에 외면했다.

"이렇게 어두운 데서 데생을 한 거야?"

"그래, 그리고 싶었으니까"

"불이라도 켜고 그리지."

"선생님한테 들키면 혼나."

쌀쌀맞게 말하고 쇼코는 얼굴을 돌렸다. 바로 그 순간, 번쩍 하고 은백색의 빛이 그 옆얼굴을 비추었다.

"꺄아악!"

쇼코는 비명을 지르며 다시금 교탁 밑으로 기어 들어갔다. 천둥소리가 멈춰도 이번에는 얼굴을 내밀지 않았다.

"괜찮은 거야?"

어쩌지, 하고 안절부절못하다가 나는 할 수 없이 교탁으로 다가갔다.

"그렇게 무서우면 그만 집에 가. 어차피 이런 데선 그림도 못 그릴 거 아냐. 내가 집까지 바래다줄 수 있어."

이런 친절은 물론 양심의 가책에서 나온 것이지만, 그 애는 그날 일을 마음에 두고 있는지 교탁 밑에서 내게 등을 돌린 채로 대꾸도 하지 않았다.

"그날은 미안했다. 그게 말이야, 내가 그만 감정을 주체하지 못해서 그랬어. 하지만 오늘은 아무 짓도 안 할 테니까 걱정하지 말래도."

사람이 이만큼 저자세로 나오는데도 교탁 밑에서는 그저 하얀 입김만 새어 나온다. 변함없이 고집불통이다.

"야, 집에 가자."

"……."

"계속 여기 있을 거야?"

"……."

"벼락이 떨어질 텐데."

"……."

"앞으로 30초 후에 떨어질 것 같은데."

"……."

30초가 지났다.

울컥 화가 치밀어 올랐다.

"벼락이나 맞아라!"

어린애 같은 말을 내뱉고 등을 돌렸다. 쇼코 때문에 여기

에 온 까닭을 까마득히 잊은 나는 성큼성큼 거친 발소리를
울리며 복도로 향했다. 역시 상대하기 어려운 애다. 같이 있
으면 나까지 이상해진다.

"나……."

쇼코가 입을 연 것은, 내가 교실 밖으로 한 발짝 내디뎠
을 때였다.

"난 딱히 너를 어린 왕자님처럼 생각했던 거 아냐!"

쩌렁쩌렁한 목소리. 돌아보니 쇼코가 교탁 앞에서 씩씩
거리며 말했다.

"너 같은 애, 멋있다고 생각한 적 없어."

털을 곤추세운 강아지 같은 눈을 보자 가슴이 욱신거
렸다.

"왕자님이 다 뭐야. 평민도 감지덕지. 너의 비참한 꼴,
난 다 알고 있었거든. 한심한 모습도 늘 봐 왔고. 1학년 때 반
에서 남학생들한테 괴롭힘 당했지? 난 다 알고 있었어. 매일
같이 보고 있었다고. 나도 그때 옆 반에서 왕따였으니까."

더욱 거세진 빗소리에 묻혀 쇼코의 목소리가 잘 들리지
않았다. 나는 천천히 그 목소리가 나는 쪽으로 되돌아갔다.

"난 입학했을 때부터 왕따였어. 초등학교 때와는 전혀 다
르게 애들이 모두 세련되고 어른스러워 보였어. 자연히 새
로운 친구들한테 맞추기가 힘들었지. 그런 나를 보고 애들
이 덜떨어졌대. 옆에 있으면 기분이 더럽대. 좀 더 자세히

말해 달라고 하면 진드기처럼 달라붙는대. 난 무시당하고 실내화가 없어져도 절대 울지 않았어. 그랬더니 울지 않아서 얄밉다고 더 괴롭히고……. 그 무렵, 복도에서 쫓겨 다니는 너를 많이 봤어. 많은 애들이 너를 둘러싸고 레슬링 기술을 걸기도 하고, 바지를 벗기는 것도 봤어. 넌 남자애들의 좋은 장난감이었어. 그런 널, 누가 멋있다고 생각하겠냐."

쇼코는 웃다가, "하지만." 하고 곧바로 얼굴이 일그러졌다.

"하지만, 너도 울지 않아서 우리는 동지라고 생각했어."

나는 견딜 수 없어서 눈을 감았다. 금방이라도 울음을 터뜨릴 듯한 얼굴인데도 결코 울지 않는 쇼코가 별안간 애처로워 보였다.

"울지 않을 뿐 아니라 너는 나보다 훨씬 태연해 보였어. 무표정하고, 조용한 눈으로 언제나 꾹 참고 있었어. 폭풍이 지나가기를 기다리는 식물처럼 말이야. 어쩜 저럴 수 있지? 나는 항상 그게 신기했어. 틀림없이 뭔가 있을 거라고 생각하고, 너를 계속 살폈지. 그래서 어느 날, 마침내 너를 미행해서 방과 후의 미술실로 잠입했어."

그때 일을 떠올리는지 쇼코는 눈을 살짝 내리떴다.

"그림 그리는 너를 보니까 막연히 알 것 같더라. 그렇구나, 마코토는 자신만의 세계를 갖고 있구나. 마코토의 세계는 굉장히 깊고, 굉장히 투명해서, 거기에 있으면 아주아주 안전하겠구나, 생각했지. 너무나 부럽더라고. 그래서 나도 그런 세계를 갖고 싶어서 곧장 미술부에 신청서를 내고 말았어."

"……그래서 미술부에?"

"응. 그때부터 계속 너처럼 되는 걸 목표로 노력했어. 옆에서 너를 보고 흉내 내면서 그림을 그리고, 나의 세계를 찾고……. 이것만 있으면 무슨 일이 있더라도 동요하지 않고 살 수 있을 거라고 생각했으니까. 그래서 그런 강력한 세계를 갖고 싶었던 거야. 하지만 결국은 제대로 된 그림 하나 그리지 못했고, 세계 같은 건 찾지도 못했어."

쇼코는 혀를 쏙 내밀었다.

"하지만 그래도 그림을 그리고 있으면 마음이 편해지기는 하더라. 기분 나쁜 일이 있는 날엔, 방과 후 미술실에서 우울한 기분을 지워 버리고 집에 갔어. 그 덕분에 내일 또 학교에 가야지, 하고 마음먹을 수 있었어."

다시금 하늘에 번쩍 번갯불이 지나갔다.

그러나 쇼코는 더는 비명을 지르지 않고 버티고 서서 이야기를 이어 나갔다.

단둘이 있는 미술실은 싸늘한 냉기가 돌았고, 어디서 새어 들어오는 바람이 창가의 석고상을 달캉달캉 흔들었다.

"3학년에 올라와서 너랑 같은 반이란 걸 알고 정말 기뻤어. 내가 너를 이상화했을 수도 있어. 내 생각에 깊이 빠져

살다 보니까 내 멋대로 만들어 낸 부분도 있었을 거야. 하지만, 그래도 넌 역시 특별했어. 다른 애들하고는 다른, 자신만의 세계 속에 사는 아이. 이쪽 세계에서 발버둥 치는 내게 넌 캔버스라는 창을 통해 저쪽 세계를 들여다볼 수 있게 해 줬어. 그런데, 그런 네가…….”

“어느 날, 오랜만에 학교에 나왔나 싶더니 내가 싹 달라져 버렸지.”

미안한 마음으로 내가 중얼거리자 쇼코는 피식 웃었다.

“그땐 정말 놀랐어. 오랜만에 학교에 나온 애가 갑자기 이쪽 세계 사람이 돼 있었으니까. 너의 안에서 저쪽 세계가 사라지고 아주 평범한, 그걸 평범하다고 해야 하나 모르겠지만, 다른 남자애들이랑 똑같아졌지. 충격이었어. 초조하기도 했고, 왠지 외로웠어.”

“……미안.”

전에 쇼코에게 심한 말을 퍼부은 것이 이제야 후회됐다. 쇼코에게 마코토는 가공의 존재가 아니다. 이 고통스러운 현실을 어떻게든 헤쳐 나가기 위한 가이드와 같은 존재였는지도 모르는데.

나는 마코토의 상처에만 사로잡힌 나머지 다른 사람들의 상처에 너무 무관심했던 것이 몹시 부끄러웠다.

마코토만이 아니다.

쇼코나 히로카뿐만도 아니다.

이 힘든 세상에서는 누구나 다 똑같이 상처받은 영혼인 것이다.

"하지만, 난 이제 괜찮아."

시무룩해진 내 앞에서 쇼코가 갑자기 밝은 목소리를 냈다.

"이제 알았어. 그날 너한테 얘기 듣고 나서 많이 생각해 봤는데, 확실히 알겠더라."

"뭘?"

"너는 딱히 변한 게 아냐. 단지 본래 모습으로 돌아간 것 뿐이지."

"본래 모습?"

"그래. 너는 원래 이쪽 세계 남자애였어. 다른 애들과 똑같이 보통 애였지. 그런데, 나와 다른 사람들이 멋대로 저쪽 세계에 가둬 버려서⋯⋯. 어쩌면 너도 저쪽 세계가 더 편할지도 몰라. 하지만 갑자기 무슨 일이 있었는지 모르지만 이쪽 세계로 돌아온 거야. 본래 모습으로 돌아온 거지."

턱을 살짝 치켜들고 쇼코는 생긋 웃었다.

"축하해, 고바야시 마코토."

그때였다.

오랫동안 단추가 잘못 채워졌던 걸 이제야 겨우 알아차린 듯한 이상한 감각이 내 안에서 퍼져 나갔다. 뭔가가 마음에 걸린다. 쇼코는 여전히 크게 착각하고 있지만 그 말 속에 뭔가가 숨어 있는 듯한 기분이다.

"난, 예전의 너도 좋았지만 지금의 너도 나쁘지 않다고 생각해. 전보다 입도 거칠고, 가끔 못되게 굴기도 하지만 그만큼 얘기하기도 편하고, 살아 있는 느낌이 들어서."

쇼코는 거기까지 말하고는 천장을 올려다보았다.

"그리고, 나 알고 있었어. 넌 엄청 변했지만 바탕은 변하지 않았다는 걸. 사실은 정확히 알고 있었어. 저쪽 세계와 이쪽 세계의 너는 전혀 다르지만 사실은 같다는 걸 말이야. 그런데도 내가 좋아하는 모습의 너로 있어 주길 바랐던 거지."

"……어떻게?"

갑자기 심장이 빨리 뛰기 시작했다.

"그걸 어떻게 알았어?"

"네가 그리는 그림이 달라지지 않았으니까."

"그림?"

"그래, 너의 그림. 그 독특한 배색. 붓 터치나 캔버스를 바라보는 눈빛까지. 역시 너는 너였어."

쇼코가 말했다. 바로 그 순간―.

내 눈에 비치는 모든 것이 갑자기 선명한 광채를 띠기 시작했다.

나는 천천히 얼굴을 들고 새삼스럽게 교실 안을 둘러봤다.

겨울인데도 따뜻함이 배어 있는 달걀색 벽. 교실 뒷부분을 차지하고 있는 주황색 책장. 어둠을 비추는 창문, 남색 커튼. 앞쪽에는 진초록 칠판. 그슬린 은빛의 이젤. 하얀 석고상. 그중 하나에 누군가가 씌워 준 밤색 베레모. 알록달록 그림물감이 묻어 있는 바닥. 먼지투성이 갓을 쓰고 있는 형광등의 하얀 빛. 그 희미한 빛을 받고 있는 쇼코의 검은 머리카락. 힌트는 곳곳에―그렇다, 힌트는 분명 곳곳에 있었다.

나는 믿기지 않는 심정으로 쇼코에게 눈을 되돌렸다.

데생하다가 묻었는지 쇼코의 볼에는 목탄 검댕이 묻어 있다. 손가락을 펴서 살짝 닦아 줬다. 흠칫 놀라 굳어지는 그녀를 꼭 안아 주고 싶었지만 참았다.

고바야시 마코토의 안중에도 없었던 땅꼬마 여자애.

이 아이가 고바야시 마코토를 구했다…….

"기다려." 하고 나는 쇼코의 어깨를 잡고 말했다.

"금방 올 테니까 잠깐만 기다리고 있어."

"어디 가는데?"

"그냥 좀 기다려. 이따가 데려다줄게."

"괜찮은데…….”

"알았지, 꼭 기다려."

의아해하는 쇼코를 남겨 두고 쏜살같이 미술실에서 뛰어나갔다. 사람들 눈에 잘 띄지 않을 장소를 찾아 무턱대고 계단을 뛰어 올라갔다. 완전히 흥분 상태였던 나는 층계참에서 옥상으로 이어지는 문을 열었을 때에야 빗발이 많이 약해진 걸 알아차렸다. 이제 천둥소리도 멈췄다.

　섬광은 내 머릿속에서 번쩍이고 있었다.

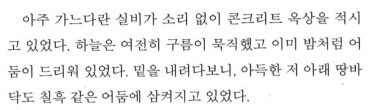

15

아주 가느다란 실비가 소리 없이 콘크리트 옥상을 적시고 있었다. 하늘은 여전히 구름이 묵직했고 이미 밤처럼 어둠이 드리워 있었다. 밑을 내려다보니, 아득한 저 아래 땅바닥도 칠흑 같은 어둠에 삼켜지고 있었다.

나는 어둠과 어둠의 틈바구니에서 찬비에 떨면서 그가 오기를 기다렸다.

그는 반드시 올 것이다. 아마도 나풀나풀한 우산을 쓰고 시니컬하게 웃으며.

마침내 등 뒤에서 따각따각 발소리가 울리고, 돌아보니 나풀나풀한 흰색 우산을 쓴 프라프라가 시니컬하게 웃으며 서 있었다.

"몇 번을 말하지만……."

눈이 마주치자 프라프라는 하얀 우산을 치켜들고 말했다.

"보급품이야."

"알아."

나는 풋 하고 웃고는 말했다.

"내 잘못, 알았어."

프라프라는 조용히 고개를 끄덕했다.

비의 베일을 사이에 두고 우리는 서로를 뚫어지게 바라
보았다.

프라프라의 청보랏빛 눈동자를 바라보고 있자니 내 심장
고동이 안정되고 신기하게도 마음이 차분해졌다.

나는 단단히 마음먹고 입을 열었다.

"난 살인을 했지?"

프라프라는 표정을 바꾸지 않았다.

"나는 사람을 죽였어."

"……"

"나는 나를 죽였어."

입술을 꽉 깨물고 나는 말했다.

"나는 자살한 고바야시 마코토의 영혼이야."

프라프라는 하얀 우산을 하늘 높이 내던지고 소리쳤다.

"딩동댕!"

16

딩동댕!

프라프라가 그렇게 소리친 순간, 하늘과 땅의 어둠이 순
식간에 빛으로 바뀌었고, 그 빛이 너무 눈부신 나머지 눈이
빙글빙글 돌았다. 실제로 몸이 빙글빙글 도는 듯한 느낌이
었지만, 신기하게도 침착하게 떠올릴 수 있었다.

자살 이전의 나.

잃어버린 그간의 기억.

마코토의 16년간—.

세상을 조금씩 알아 갈 무렵부터 그림 그리는 게 좋았다.
동시에 어릴 때는 밖에서 친구들과 노는 것도 좋아했다. 내
성적이고 겁도 많았지만 뛰어난 재주를 하나 갖고 있었던
덕분에 인기는 그만이었다. 초등학교 중학년 무렵까지, 내

책상은 쉬는 시간마다 아이들에게 둘러싸였다. 나는 애들이 내민 종이에 만화나 게임 캐릭터를 그려 주었다. 나중에 돌이켜 보니, 분에 넘치는 황금시대였다.

그 황금시대가 저물기 시작한 건 고학년이 되고 나서. 어른스러워진 반 아이들은 그 누구도 더는 내 그림 따위 갖고 싶어 하지 않았다. 정중하게 "이제 필요 없어."라며 전에 그려 준 그림을 돌려주는 애도 있었다. "이제 너 같은 건 필요 없어."라는 말을 듣는 기분이었다. 나는 나의 가치를 잃어 갔다. 게다가 그 무렵부터 키가 더 이상 자라지 않았고, 나보다 키가 작았던 친구들이 잇따라 나보다 커졌다. 마치 인기 순위가 쭉쭉 떨어지는 가수 같았다.

밑바닥까지 떨어진 건 중1 때. 입학 당시, 함께 어울리는 그룹 중에 내가 무슨 말만 했다 하면 "썰렁하네."라고 말하는 애가 하나 있었다. 일부러 큰 소리로 주위에 다 들리도록 말했다. 점점 다른 애들도 "썰렁하네."라고 흉내 내기 시작했다. 워낙에도 말수가 많지 않은 나는 그 때문에 점점 더 말을 하지 않게 됐다. 왕따를 당하는 건 시간문제였고, 이내 시작됐다. 지난 일이라지만 왕따를 당했던 일은 지금도 떠올리고 싶지 않다.

의지할 데라곤 가족과 미술부뿐이었다.

미쓰루는 못되게 굴었지만, 부모님은 과보호로 비칠 정도로 내게 너그러웠다. 정서적으로 약간 불안정하긴 했지만 밝은 엄마, 언제나 싱글벙글 웃는 온화한 아빠. 둘 옆에 있는 것만으로도 나는 마음이 놓였다.

미술부에서는 모든 것을 잊고 내가 좋아하는 그림에 몰두했다. 모든 것을 잊고 몰두하기 위해서 그림을 그렸다고도 볼 수 있다. 마음의 휴식 시간. 가치 있는 도피. 뒤틀린 열정. 그런 나를 쇼코가 죽 지켜보고 있었다는 건 전혀 모르고 있었다.

2학년에 올라가자 괴롭힘은 잠잠해졌지만, 새로운 반에서도 나는 섞이지 못했다. 이번에는 내가 먼저 모두를 피했다. 경솔하게 먼저 입을 열었다가는 또 "썰렁하네."라는 말을 들을 것 같았다. 그걸 계기로 또 왕따를 당할지도 모른다. 그건 누구도 막을 수가 없다. 누구도 나를 구해 줄 수가 없다. 누구도 믿을 수가 없다. 믿으면 안 된다. 그렇게 생각했다.

나는 나만의 세계에 갇히기 시작했다.

어두운 색과 차가운 색의 음침한 그림이 늘어 갔다.

스스로도 조금 위험하다고 생각했다.

나는 나만의 세계에서 살아가면 됐을 텐데, 마음속 깊은 곳에서는 다른 뭔가를 찾고 있었는지, 서서히 우울해지더니 중3 때쯤부터는 원인 불명의 구토가 시작됐다. 잔걱정이 많은 아빠와 엄마에게는 말하지 않았지만, 아무런 전조도 없이 별안간 속이 메슥거려 화장실에 달려가 토하기 일쑤였다. 몸의 문제가 아니라 마음 상태가 안 좋아서 나타나는 증상이란 걸 나 자신도 어렴풋이 눈치채고 있었던 만큼 더욱 불길한 생각이 들었다.

이대로는 안 된다. 진지하게 생각했다. 아마 이대로는 안 될 거다. 어떻게든 해야 돼······.

하지만, 뭘?

일단은 밝은 그림을 그려 보기로 했다.

투명한 파랑. 출렁이는 바다의 빛깔. 어둡고 깊은 바닷속에서 수면 위로 돌진하는 용맹스러운 말의 모습이 순간적으로 떠올랐다.

나는 몰두해서 그리기 시작했다. 그림이 완성되면, 나도 조금씩 이 어둡고 깊은 곳에서 빠져나가겠다고 결의를 다지면서.

그러나 그림을 완성하기도 전에 마의 하루가 찾아왔다. 히로카. 엄마. 아빠. 나의 구원이었던 그들이 차례차례 나를 박살내 버렸다. 이제 막 적극적으로 나서려는 참이었던 만큼 충격은 컸다. 세상은 이제 캄캄해졌고, 내 눈에는 어떤 색도 비치지 않았다. 우울함과 구토는 더 악화되었고, 사고 능력마저 떨어져 당시의 나는 늘 머리가 몽롱했다.

중1 때부터 이따금 머릿속에 그리던 '죽음'이란 글자가 묘하게 리얼하게 다가온 것도 이때였다.

죽어 버릴까.

어느 날, 갑자기 진지하게 생각했다. 그 이후로 그 생각이 머릿속에서 떠나지 않았다. 사는 것보다 죽는 것을 생각하는 게 훨씬 마음이 편했고, 삶보다 죽음이 매력적으로 느껴졌다.

예전에 불면증으로 고생하던 엄마에게 친척이 외국에서 수면제를 사다 준 적이 있었다. 하지만 아빠는 "이런 건 안 먹는 게 좋아!"라며 빼앗아 감춰 버렸다. 나는 아빠가 그 약을 어디에 뒀는지 똑똑히 기억하고 있었다. 그걸 한밤중에 몰래 꺼냈다.

마음을 단단히 먹었다기보다는 아주 자연스러운 기분으로, 나는 수면제를 전부 먹었다.

그리고 죽었다.

죽은 게 분명했다.

"축하합니다. 당첨됐습니다!"

떠도는 내 영혼 앞에 이상한 천사가 불쑥 모습을 드러내기 전까지는…….

"축하합니다. 당신은 훌륭히 재도전에 성공했습니다!"

갑자기 기억의 파도가 물러가고, 문득 정신을 차리고 보니 나는 전에 왔던 천상계와 인간계 사이에 있었다. 이번에는 확실하게 육체도 있다.

내 앞에는 맨살에 하얀 천을 두른 프라프라가 등의 날개를 드러내고 서 있다. 오랜만에 보는 천사다운 차림이다. 말투도 다시 정중해졌다.

"이미 알고 계실 테지만, 결국은 이렇게 된 일입니다."

프라프라의 설명은 이랬다.

"홈스테이란, 단순한 영혼의 수행이 아닌 당신처럼 한번 자신을 버린 영혼이 다시 자신으로 되돌아갈 수 있는지를 테스트하는 기간을 말합니다. 말하자면, 영혼의 시험 운전이죠. 그렇다면 홈스테이는 당연히 당신네들 자신의 가정에서 해야겠죠. 당신네들 자신이 실패한 장소에서, 당신네들 자신의 문제를, 당신네들 자신이 한 번 더 돌아본다······는 건데, 어떻습니까, 이치에 맞는 이야기 아닌가요? 하지만 처음부터 그걸 가르쳐 주면 재미없기 때문에 비밀로 한 것입니다."

프라프라의 유들거리는 설명에 나는 어깨가 축 늘어졌다.

정말이지 할 말이 없었다.

생각해 보면 처음부터 프라프라에겐 수상한 점이 많았다.

"생각해 보면." 하고 나는 마침내 입을 열었다.

"당신의 가이드는 늘 어중간하고, 중요한 게 빠져 있었어. 덕분에 난 안 해도 되는 고생을 실컷 한 것 같거든. 그것도 일부러 그런 거야?"

"당연하죠." 하고 프라프라는 가슴을 펴고 말했다.

"아무리 추첨에서 당첨됐다 해도, 한 번 죽은 인간에게 부활의 기회를 주는 것이니 그만한 고생은 해야 합니다. 제비뽑기 운이 좋은 것만으로는 되살아날 수 없습니다."

"그래도 당신 말이야, 멋대로 당첨시켜 놓고는 사람을 속이고, 실컷 고생시키고⋯⋯."

"그리고 그 결과, 당신은 한 번 더 고바야시 마코토로서 살아갈 수 있는 걸 내심 감사하고 있는 거고. 즉 결과적으로 대만족인 거죠."

나는 한숨을 내뱉었다. 이 괴상한 천사한테는 당할 재간이 없다.

전적으로 프라프라의 말이 옳다. 4개월 전의 어두운 기분 그대로 원래 죽은 것과 똑같은 상태로 죽고, 여러 가지 오해도 풀지 못하고, 내 자살이 가족에게 미친 영향도 모르고, 사오토메도 만나지 못하고, 흐느껴 우는 히로카를 안아주지도 못하고, 결국 나를 구해 준 쇼코의 존재조차도 알지 못한 채 진짜로 죽어서 윤회 사이클에서 벗어나 탄산음료 거품처럼 슈욱 사라지지 않아도 되니 다행이다, 하며 나는 속으로 꽤 뭉클하게 감동하고 있었다.

"그런데 왜 그 감동을 솔직하게 표현하지 않습니까?"

두 손을 펼치고 말하는 프라프라에게 나는 잠깐 생각하고 나서 말했다.

"우선 첫째로, 나는 그런 성격이 아니니까."

"과연."

"둘째, 나는 갑작스러운 이 상황에 당황하고 있거든."

"흐음."

"셋째, 속은 게 분해서."

"큭큭."

"마지막으로……."

"마지막으로?"

"왠지 무서운 생각이 들어."

중얼거리자마자 나는 스윽 턱을 치켜들고 프라프라를 올려다봤다.

"나는 앞으로 어떻게 되는 거지?"

프라프라의 대답은 간단명료했다.

"어떻게 되긴요. 그대로 고바야시 마코토로서 살아가면 됩니다."

"당신은 어떻게 돼?"

"나는 다시 추첨에 당첨된 영혼을 따라다니게 됩니다."

"이제 내 가이드는 끝난 거야?"

"당신에게는 이제 가이드 같은 건 필요 없습니다."

"그럴까."

"그렇다마다요."

반드시 그렇다고 말하는 듯이 프라프라는 등의 날개를 퍼덕거렸다. 그 날갯짓을 보자 순식간에 용기가 치솟았다…… 는 일은 없었고, 내 기분은 여전히 울적했다.

"아까 여기 오기 전에 자살하기 전의 일이 떠올랐어. 그
래서 또 자신이 없어졌어."

"자신?"

"거기서 다시 잘해 나갈 수 있을까······."

"왜죠?" 하고 프라프라는 얼굴을 찡그렸다.

"당신은 재도전에서 그렇게 잘하지 않았습니까?"

"그거야 남의 일이었으니까."

그렇다. 재도전 중인 내게 고바야시 마코토는 생판 모르
는 남이었고, 일시적인 임시 거처에 지나지 않았다. 그래서
그렇게 자유롭게 행동할 수 있었던 것이다. 앞뒤 생각지 않
고 거침없이 저금을 털어 갖고 싶은 것을 사고, 누구한테나
하고 싶은 말을 했다.

"하지만 내 일이 되고 보니까, 역시 그렇게 못 하겠어. 자
꾸만 신중해지고, 불안해지기도 해. 인색해지기도 하고."

그 증거로 나는 벌써 2만 8천 엔짜리 저금을 스니커즈에
탕진한 게 후회돼서 미칠 것 같았다.

프라프라는 날개를 접고 나를 물끄러미 바라봤다. 청보
랏빛 눈동자는 오늘도 한 점 흐린 데 없이 투명하다. 나를
속이고, 나를 화나게 하고, 나를 희롱하면서, 하지만 늘 어
딘가에서 나를 지켜 준 눈동자.

"홈스테이라고 생각하면 됩니다."

"홈스테이?"

"그래요. 당신은 한동안 인간계에서 지내다가 다시 여기로 돌아올 거예요. 기껏해야 수십 년의 인생입니다. 조금 긴 홈스테이가 다시 시작되는 거라고, 마음 편히 생각하면 됩니다."

"그게 가능할까."

기껏해야 수십 년의 인생.

조금 긴 홈스테이.

그렇게 생각하면 마음 편해지긴 하지만.

"홈스테이에 규칙은 없습니다. 주어진 가정에서, 누구나 하고 싶은 대로 하고 지내면 됩니다. 단, 스스로 퇴장할 수는 없습니다."

"사양도 할 수 없었지, 아마."

내가 끼어들자 프라프라는 한쪽 눈썹을 반짝 치켜세우고 물었다.

"사양하고 싶습니까?"

나는 대답하지 않았다. 이러쿵저러쿵해도 다시 그 세계로 돌아가고 싶지 않은 건 아니었다.

프라프라는 그런 내 생각을 꿰뚫어 본 듯 고개를 끄덕였다.

"살아가면서 또 마음이 위축되려고 하면 재도전했던 4개월을 떠올려 보세요. 스스로 자신을 속박하지 않고 자유롭게 움직였던 그 감각을. 그리고 당신을 지켜 준 사람들을."

잠자코 발밑을 내려다보면서, 나는 벌써 재도전했던 4개월을 돌아보고 있었다.

많은 사람과 관계를 맺고, 많은 생각을 했던 4개월.

그중 한 사람만 없었더라도 나는 나로 돌아올 수 없었을 것이다.

"자, 이제 그만 인간계로 돌아가세요."

종착역에 도착한 것을 알리듯 프라프라가 말했다.

"미술실에서 쇼코가 걱정하며 당신을 기다리고 있습니다."

나는 퍼뜩 생각났다. 그래, 그 추운 교실에서 쇼코를 기다리게 했지.

"집에서는 가족이 기다리고 있습니다. 2주일 후로 다가온 당신의 생일 선물에 대해 의논하면서."

나는 고개를 끄덕였다.

"어서 돌아가 열심히 공부해서 사오토메와 같은 고등학교에 들어가야죠."

나는 고개를 끄덕였다.

"파란 그림이 완성되길, 히로카가 기다리고 있습니다."

나는 고개를 끄덕였다.

"당신은 그 세계에 있어야 합니다."

나는 고개를 끄덕였다. 그렇다, 나는 그 세계에 있어야 한다…….

나는 눈을 감고 나를 기다리는 사람들이 있는 세계를 그려 보았다.

때로는 어지러울 정도로 다채로운 그 세계.

현란하고 화려한 그 소용돌이로 돌아가자.

거기서 모두와 함께 온갖 색으로 살아가자.

그것이 비록 무엇을 위한 것인지 모르더라도—.

"고마워, 프라프라." 하고, 나는 깍듯이 인사했다.

"당신을 못 잊을 거야."

"나도 잊지 못할 겁니다."

프라프라는 여전히 무표정을 가장하고 말했다.

"고생했으니까요."

"당신은 내 첫 대화 상대였어."

"그럼 마지막 가이드를 시작하겠습니다."

"당신한테는 이상하게 뭐든지 말할 수 있었어."

"당신이 인간계로 되돌아가기 위한 가이드입니다. 제가 하는 말에 따라 주십시오."

"당신과 있으면 굉장히 마음이 편했어."

"우선 입을 다물고 집중해 주십시오."

"아마 당신이 천사여서……."

"입을 다물어 주세요."

"걸핏하면 상처받고 상처 주는 인간이 아니라서 정말 마음이 편했어."

"입 다물라 했지!"

나는 느닷없이 머리를 얻어맞고 깜짝 놀랐다. 아야, 하고 신음 소리를 내자 프라프라는 인간계 모드의 찡그린 얼굴로 나를 노려봤다.

"언제까지 꾸물꾸물 얘기만 하고 있을 거야. 냉큼 시키는 대로 하고, 냉큼 돌아가. 나는 또 다음 추첨에 가야 한다고."

역시 이 모습이 프라프라답다. 거친 말투와는 달리 그 청보랏빛 눈동자가 조금, 아주 조금 슬픈 듯이 흐릿해진 걸 보고 나는 그것만으로 충분히 만족했다.

"우선 눈을 꼭 감아."

나는 눈을 꼭 감았다. 그러자 거기서 또로록, 뜨뜻미지근한 물방울이 떨어졌다.

"숨을 크게 들이마셔."

나는 숨을 크게 들이마셨다. 가슴이 먹먹하고 괴로웠다.

"돌아가겠다고 생각하면서 한 걸음 내디뎌 봐. 그럼 너의 세계로 돌아갈 수 있어. 안녕, 고바야시 마코토. 강하게 살아라."

"안녕, 프라프라."

나는 나의 세계로 돌아오기 위해 한 걸음 내디뎠다.

컬러풀

2018년 6월 15일 1판 1쇄
2023년 6월 30일 1판 5쇄

지은이 모리 에토
옮긴이 고향옥

편집 김태희, 장슬기, 나고은, 김아름 **디자인** 홍경민 **제작** 박흥기
마케팅 이병규, 이민정, 최다은, 강효원 **홍보** 조민희, 김솔미

인쇄 천일문화사 **제책** J&D바인텍

펴낸이 강맑실
펴낸곳 (주)사계절출판사 **등록** 제406-2003-034호
주소 (우)10881 경기도 파주시 회동길 252
전화 031)955-8588, 8558 **전송** 마케팅부 031)955-8595 편집부 031)955-8596
홈페이지 www.sakyejul.net **전자우편** literature@sakyejul.com
블로그 blog.naver.com/skjmail **페이스북** facebook.com/sakyejul
인스타그램 instagram.com/sakyejul

값은 뒤표지에 적혀 있습니다. 잘못 만든 책은 구입하신 서점에서 바꾸어 드립니다.
사계절출판사는 성장의 의미를 생각합니다.
사계절출판사는 독자 여러분의 의견에 늘 귀 기울이고 있습니다.

ISBN 979-11-6094-374-0 44830
ISBN 978-89-5828-473-4 (세트)